Søren k

Das Tagebuch des Verführers

Søren Kierkegaard

Das Tagebuch des Verführers

ISBN/EAN: 9783956974724

Auflage: 1

Erscheinungsjahr: 2015

Erscheinungsort: Treuchtlingen, Deutschland

Literaricon Verlag Inhaber Roswitha Werdin, Uhlbergstr. 18, 91757 Treuchtlingen

www.literaricon.de

Dieser Titel ist ein Nachdruck eines historischen Buches. Es musste auf alte Vorlagen zurückgegriffen werden; hieraus zwangsläufig resultierende Qualitätsverluste bitten wir zu entschuldigen.

S. KIERKEGAARD

DAS·TAGEBUCH
DES·VERFÜHRERS

IM·INSEL-VERLAG·ZU·LEIPZIG·1903

Die erste vollständige deutsche Übertragung dieses Buches ist von M. Dauthendey besorgt; den künstlerischen Schmuck zeichnete Walter Tiemann. Gedruckt wurde dasselbe bei Poeschel & Trepte zu Leipzig in einer Auflage von 1100 Exemplaren, die handschriftlich numeriert sind, davon dieses No.

KAUM kann ich der Angst Herr werden, die mich bei meinem Thun ergreift; zwar habe ich mich in meinem eigenen Interesse entschlossen, die flüchtige Kopie, die ich mir damals in aller Eile und mit grosser Unruhe im Herzen verschaffen konnte, mit Sorgfalt ins Reine zu schreiben. Alles ist heute ebenso beängstigend und ich fühle wie damals dieselben Vorwürfe. Sein Schreibpult war nicht geschlossen, und alles was darin war, stand zu meiner Verfügung. Ein Schubfach stand offen. Darin waren verschiedene lose Papiere und darauf ein mit Geschmack gebundenes Buch in Quartformat. Es lag eine Seite aufgeschlagen, auf der war aus weissem Papier eine Etiquette, worauf er mit eigner Hand geschrieben hatte: Commentarius perpetuus N. 4.
— Ich versuche mir jetzt vergeblich einzureden, wäre das Buch nicht aufgeschlagen gewesen und hätte der Titel mich nicht so gereizt, ich hätte mich dem Versucher nicht so schnell ergeben.

Der Titel war seltsam, besonders durch seine Bedeutung.

Aus einem flüchtigen Blick auf die losen Papiere konnte ich sehen, dass sie Aufzeichnungen erotischer Situationen, einzelne Andeutungen über dieses und jenes Verhältnis, sowie Entwürfe zu ganz eigentümlichen Briefen enthielten.

Jetzt durchschaue ich das ränkevolle Herz dieses verdorbenen Menschen, vergegenwärtige ich mir wieder die Situation, als ich mit meinem für alle Arglist offenen Auge vor jene Schublade hintrat, so ist es mir wie einem Polizeibeamten, wenn er in das Zimmer eines Falschmünzers kommt und in einem Schubfach eine Menge loser Papiere findet, hier ein Ornament, da einen Namenszug. Er weiss wohl, er ist auf der richtigen Spur und in die Freude darüber mischt sich Bewunderung für das Studium und den Fleiss, der hier verwendet wurde. Da ich aber kein Polizeischild trage, so fand ich mich auf ungesetzlichen Wegen. Ich fühlte mich dieses Mal nicht minder arm an Gedanken als an Worten. Man lässt sich von einem Eindruck imponieren, bis die Reflexion sich wieder losreisst und wechselnd und hastig in ihren Bewegungen sich nähert und einnistet bei dem unbekannten Fremden. Je mehr die Reflexion entwickelt ist, desto schneller fasst sie sich; wie ein Schreiber, der Pässe nach dem Ausland ausfertigt, gewohnt ist, die abenteuerlichsten Gesichter zu sehen, so lässt sie sich nicht verblüffen. Aber trotzdem meine Reflexion sehr stark entwickelt ist, war ich doch im ersten Augenblick sehr erstaunt. Ich erinnere mich gut, ich wurde blass, und fiel beinahe um. Und welche Angst fühlte ich! Wenn er nach Hause gekommen wäre und hätte mich ohnmächtig vor dem geöffneten Schreibpult gefunden! Ein böses Gewissen kann doch wirklich das Leben interessant machen. Der Buchtitel frappierte mich im Grunde nicht. Ich dachte, es wäre eine Sammlung von Exzerpten, was mir ganz natürlich erschien, da er immer fleissig studierte. Aber der Inhalt war ein ganz anderer. Nichts weniger als ein sorgfältig geführtes Tagebuch; wie ich ihn von früher kannte, glaubte ich nicht, dass sein Leben Kommentare bedurfte, aber nach dem Einblick, den ich mir jetzt gestattete, kann ich nicht leugnen, dass der Titel mit viel Geschmack und viel Überlegenheit über sich und die Situation gewählt war. Der Titel steht in vollständiger Harmonie mit dem Inhalt. Poetisch zu leben war sein Lebenszweck. Er verstand mit seinen sehr entwickelten Sinnen das Interessante im Leben zu finden und das Erlebte fast dichterisch zu reproduzieren. Historisch genau ist sein Tagebuch nicht, auch nicht erzählend, nicht indikativisch aber konjunktivisch. Alles ist erst später niedergeschrieben und trotzdem wirkt es so dramatisch lebendig, als sähen wir den Augenblick.

Dass das Tagebuch keinen andern Zweck als nur persönliche Bedeutung für ihn haben sollte, ist augenfällig. Anzunehmen, dass es ein Dichtwerk sei, und vielleicht auch zum Druck bestimmt, diese Annahme verbietet sowohl die Art des Ganzen als auch die Einzelheiten. Für seine Person brauchte er doch nicht zu fürchten es herauszugeben, denn die meisten

Namen sind so sonderbar gewählt, dass sie nicht
historisch sein können. Einen Verdacht habe ich
doch, dass die Vornamen historisch richtig sind, so
dass er für seine Person immer wieder sicher war,
die wirklichen Personen herauszufinden, während
jeder Uneingeweihte von den Familiennamen irregeführt werden musste. So verhält es sich allenfalls
mit dem jungen Mädchen, das ich kannte und um
welches sich das Hauptinteresse sammelt — Cordelia.
Ganz richtig, sie hiess Cordelia, aber nicht Wahl.
Woher hat das Tagebuch nun diesen dichterischen
Charakter? Darauf ist nicht schwer zu antworten.
Sein Verfasser hat eine dichterische Natur und wenn
man so sagen will, sie ist nicht reich genug und
nicht arm genug, um Poesie und Wirklichkeit von
einander zu trennen. Das Poetische war das plus,
das er selber dazugab. Das plus war das Poetische,
das er in der poetischen Situation der Wirklichkeit
genoss; und dieses nahm er in Form dichterischer
Reflexion wieder zurück, dieses war der zweite Genuss und sein ganzes Leben durch rechnete er mit
dem Genuss. Im ersten Fall genoss er persönlich
das Ästhetische, im zweiten Fall genoss er ästhetisch
seine Persönlichkeit. Im ersten Fall war die Pointe
die, dass er egoistisch persönlich das genoss, was
ihm das wirkliche Leben teils gab, teils das, womit
er selbst die Wirklichkeit schwanger machte. Er
gebrauchte im ersten Fall die Wirklichkeit als ein
Moment, im zweiten Fall war die Wirklichkeit im

Poetischen aufgegangen. Die Frucht des ersten Stadiums ist also die Stimmung, aus welcher das Tagebuch als die Frucht des zweiten Stadiums hervorgegangen ist. Doch dies Wort muss im letzten Fall in etwas anderer Bedeutung genommen werden als im ersten. Das Poetische hat er also immer in und durch die Doppelform gehabt, unter welcher sein Leben verlief.

Hinter der Welt, in der wir leben, fern im Hintergrund, liegt eine andere Welt, die ungefähr in demselben Verhältnis zu jener steht wie das Verhältnis der Scene im Theater zur wirklichen Scene. Man sieht durch einen dünnen Schleier wieder eine Welt von Schleiern, leichter, mehr ästhetisch, von einem anderen Wert als die wirklichen Werte. Viele Menschen, die sich körperlich in dieser Welt zeigen, gehören nicht in diese, sondern sind in der anderen Welt zu Hause. Doch dass ein Mensch oft hinschwindet, ja fast verschwindet, kann seinen Grund entweder in einer Krankheit oder in einer Gesundheit haben. Das letzte war der Fall mit diesem Menschen, den ich einmal gekannt habe, ohne ihn zu kennen. Er gehörte nicht zur Wirklichkeit und doch hatte er viel mit ihr zu thun. Er drang immer tief in sie hinein und selbst wenn er sich am tiefsten ihr hingab, war er ausserhalb. Es war aber nicht das Gute, das ihn forttrieb, auch nicht eigentlich das Schlechte, das darf ich ihm in keinem Augenblick nachsagen. Er hat an einem Exacerbatio cerebri gelitten, wofür die Wirklichkeit nicht genug Incitament hatte, höchstens nur momentweise. Er verhob sich nicht an der Wirklichkeit, er war nicht zu schwach sie zu tragen, nein, er war zu stark, aber diese Stärke war eine Krankheit. Sobald die Wirklichkeit ihre Bedeutung als Incitament verloren hatte, war er entwaffnet, darin lag das Schlechte bei ihm. Dies war er sich selbst im Augenblick des Incitament bewusst, und in diesem Bewusstsein lag das Böse. Das Mädchen, dessen Geschichte den Hauptinhalt des Tagebuches ausmacht, habe ich gekannt. Ob er mehrere verführt hat, weiss ich nicht; doch scheint es aus seinen Papieren hervorzugehen. Es scheint auch, er hat noch eine andere Art von Praxis getrieben, welche ihn ganz charakterisiert. Denn er war geistig zu gross veranlagt, um ein gewöhnlicher Verführer gewesen zu sein. Aus dem Tagebuch sieht man zuweilen, dass er oft etwas Willkürliches haben wollte. Einen Gruss zum Beispiel, und um keinen Preis etwas mehr, weil das gerade das Schönste bei der betreffenden Dame war. Mit Hilfe seiner grossen geistigen Begabung hat er ausgezeichnet verstanden, ein Mädchen in Versuchung zu bringen, an sich zu fesseln, ohne sie im strengsten Sinn zu nehmen, besitzen zu wollen. Ich kann mir vorstellen, er konnte ein Mädchen auf den Punkt bringen, dass er sicher war, sie würde Alles für ihn opfern. Wenn es dann so weit gekommen war, so brach er ab. Ohne dass von seiner Seite die mindeste Annäherung geschehen war, ohne dass ein Wort über Liebe gefallen war, oder gar eine Erklärung, ein Gelübde. Und doch war es geschehen. Und die Unglückliche behielt das Bewusstsein darüber doppelt bitter. Weil sie sich nicht auf das Mindeste berufen konnte, weil sie immerfort von den verschiedensten Stimmungen in einem schrecklichen Hexentanz herumgejagt wurde. Denn bald machte sie sich Vorwürfe und verzieh ihm, bald ihm Vorwürfe und da das Ganze in Wirklichkeit nicht existierte, musste sie sich selbst fragen, ob das Alles nicht eine Einbildung gewesen sei. Niemandem konnte sie sich anvertrauen, denn sie hatte eigentlich nichts anzuvertrauen. Wenn man geträumt hat, kann man andern seinen Traum erzählen, aber das, was sie zu erzählen hatte, war ja kein Traum, es war Wirklichkeit. Und doch, sobald sie ihrem bekümmerten Herz Luft machen wollte, so war es nichts. Das fühlte sie sehr gut. Kein Mensch, kaum sie selbst konnte es fassen, und doch ruhte es als ängstlicher Druck auf ihr. Solche Opfer waren daher von ganz eigentümlicher Natur. Es waren keine unglücklichen Mädchen, die sich von der Gesellschaft ausgestossen glaubten, sich gesund und stark grämten und wo es ab und zu, wenn das Herz zu voll war, Hass und Verzeihung gab. Keine sichtbaren Veränderungen gingen mit ihnen vor; sie lebten in den alten gewohnten Verhältnissen, geachtet wie immer und doch waren sie verändert, fast unerklärlich vor sich selbst, unbegreiflich für

Andere. Ihr Leben war nicht, wie das der Verführten, zerknickt und gebrochen, es war in ihnen selbst gebrochen; für andere verloren, suchten sie sich selbst zu finden. Im selben Grad wie man sagen konnte, dass sein Weg ohne Spur durch das Leben ging, so hinterliess er kein Opfer, er lebte zu viel geistig, um ein Verführer im gewöhnlichen Sinne zu sein. Zuweilen nahm er doch einen parastatischen Leib an und war da nur Sinnlichkeit. Selbst seine Geschichte mit Cordelia ist so verwickelt, dass es ihm möglich war, als der Verführte auftreten zu können. Selbst Cordelia konnte zuweilen zweifeln, auch hier sind seine Fusspuren so undeutlich, dass jeder Beweis unmöglich ist. Die Menschen waren für ihn nur ein Incitament; er warf sie von sich weg, wie die Bäume die Blätter abschütteln — er verjüngte sich, das Laub verwelkte.
Aber in seinem eigenen Kopf, wie mag es da aussehen? Andere hat er irregeführt, er wird auch einmal selbst irrelaufen. Die andern hat er innerlich irregeführt, nicht äusserlich. Wenn ein Wanderer einen Menschen nach dem Weg fragt, so ist es empörend, ihm einen falschen Weg zu weisen. Das ist aber noch gar nichts gegen das, dass man einen Menschen an sich selbst irremacht. Beim verirrten Wanderer wechselt wenigstens zum Trost immer die Landschaft um ihn, und er hat an jeder Wegbiegung die Hoffnung, doch noch den rechten Weg zu finden, der aber, der an sich selbst irre wurde, hat kein so

grosses Territorium, er merkt bald, dass er in einem Kreislauf ist, aus dem er sich nicht herausfindet. So, denke ich, muss es ihm einmal gehen, in noch viel schrecklicherem Masse. Ich kann mir nichts qualvolleres vorstellen, als einen intriganten Kopf, der den Faden verliert und dessen Scharfsinn sich gegen ihn selbst wendet, besonders im Augenblick, wo ihm das Gewissen erwacht. Vergebens hat er in seiner Fuchshöhle viele Ausgänge, schon glaubt er das Tageslicht zu erreichen, aber er merkt, dass es nur ein neuer Eingang ist, wie ein verzweifeltes Wild sucht er immer einen Ausgang und findet stets einen Eingang, der zu ihm selbst zurückführt. Ein solcher Mensch ist nicht gerade ein Verbrecher, er wird oft von seinen eigenen Intriguen selbst getäuscht, und doch bekommt er eine schrecklichere Strafe als ein wirklicher Verbrecher; denn was ist der Schmerz der Reue im Vergleich mit diesem bewussten Wahnsinn? Seine Strafe hat einen rein ästhetischen Charakter. Denn schon dass das Gewissen erwacht, ist für ihn zu ethisch. Das Gewissen gestaltet sich für ihn als ein höheres Bewusstsein, das sich als Unruhe äussert, und ihn auch im tiefsten Sinn nicht anklagt, aber ihn wachhält und ihm in seiner Friedlosigkeit keine Ruhe giebt. Wahnsinnig ist er auch nicht; denn die Mannigfaltigkeit seiner Gedanken ist nicht in der Ewigkeit des Wahnsinns versteinert.

Der armen Cordelia wird es auch schwer werden,

Ruhe zu finden. Sie verzeiht ihm zwar von ganzem Herzen, aber findet keinen Frieden, denn da erwacht der Zweifel; sie hat ja die Verlobung aufgelöst, sie hat das Unglück heraufbeschworen, ihr Stolz begehrte das Ungewöhnliche. Dann bereut sie, aber Ruhe findet sie keine; denn nun sprechen die verklagenden Gedanken sie frei; er war's, er hatte mit Arglist diesen Plan in ihre Seele gelegt. Dann hasst sie, ihr Herz fühlt sich leichter, wenn sie ihn verflucht, aber sie findet keine Ruhe; sie macht sich wieder Vorwürfe, Vorwürfe, weil sie ihn hasst, sie, die selbst eine Sünderin ist, Vorwürfe, weil sie immer schuldig bleibt, wenn er auch arglistig war. Schwer ist es, dass er sie betrogen hat, noch schwerer könnte man beinahe sagen, dass er so viel Nachdenken in ihr erweckt hat, dass er sie so ästhetisch entwickelt hat, dass sie nun nicht länger mehr einer Stimme demütig lauscht, sondern viele Reden gleichzeitig hören kann. In ihrer Seele wird da die Erinnerung wach, sie vergisst ihre Sünde und Schuld, sie erinnert sich der schönen Augenblicke, sie lässt sich von einer unnatürlichen Exaltation betäuben.

In solchen Augenblicken erinnert sie sich seiner nicht bloss, sie fasst ihn hellsehend auf, das zeigt, wie stark er sie entwickelt hat. Sie sieht nichts Verbrecherisches in ihm, aber auch nicht den edlen Menschen, sie fühlt ihn nur ästhetisch. Einmal hat sie mir ein Billet geschrieben, wo sie folgendes sagt: „Zuweilen war er so geistig, dass ich mich als Weib vernichtet fühlte und dann wieder so wild und leidenschaftlich, dass ich fast für ihn zitterte. Zuweilen war ich ihm fremd, zuweilen gab er sich mir ganz hin; schlang ich dann meinen Arm um ihn, so war plötzlich alles verschwunden und ich umarmte die ‚Wolken'. Diese Bezeichnung kannte ich, ehe ich ihn kannte, aber er lehrte sie mich zu begreifen; wenn ich diesen Vergleich benutze, denke ich immer an ihn, wie ich sonst auch alle meine Gedanken nur durch ihn denke. Ich habe immer Musik geliebt, er war ein wunderbares Instrument, immer gestimmt, er hatte eine Tonleiter wie kein Instrument sonst, er hatte Fühlung und Stimmungen, kein Gedanke war ihm zu gross, keiner zu verzweifelt, er konnte wie ein Herbststurm brausen, er konnte flüstern. Kein Wort von mir war ohne Wirkung und doch kann ich nicht sagen, ob meine Worte ihre Wirkung nicht verfehlten, denn die Wirkung auf ihn konnte ich unmöglich voraussehen. Mit einer unbeschreiblichen, geheimnisvollen, seligen, unfassbaren Angst horchte ich auf diese Musik, die ich selbst hervorrief und doch nicht hervorrief, immer war sie voll Harmonie, immer riss er mich hin."

Für sie ist es schrecklich, für ihn wird es noch schrecklicher; das schliesse ich auch daraus, dass ich selbst Angst bekomme, wenn ich an alles dieses denke. Auch ich bin in dieses Nebelreich, in diese Traumwelt mit hineingezogen, in der man jeden Augenblick vor seinem eigenen Schatten erschrickt. Vergebens suche ich mich loszureissen, ich folge mit wie• eine drohende Gestalt, wie ein stummer Ankläger. Wie sonderbar! Er hatte das tiefste Geheimnis über alles gebreitet und doch giebt es ein noch tieferes Geheimnis, das ist, dass ich auch eingeweiht bin, und ich selbst bin auf eine ungesetzliche Weise eingeweiht worden. Das Ganze zu vergessen gelingt mir nie. Ich habe zuweilen daran gedacht, mit ihm darüber zu sprechen. Doch was hilft das? Er würde entweder alles leugnen, behaupten, das Tagebuch sei ein dichterischer Versuch oder würde mich bitten zu schweigen, was ich ihm nicht wehren könnte, wegen der Art und Weise, durch die ich eingeweiht wurde. Es giebt nichts, wofür es soviel Verderb und Verdammnis giebt, als für ein Geheimnis.

Von Cordelia habe ich eine Sammlung von Briefen bekommen. Ob es alle sind, weiss ich nicht. Doch glaube ich, sie sagte einmal, dass sie einige konfisziert hat. Ich habe sie kopiert und will sie jetzt in die Reinschrift einschieben. Sie haben zwar kein Datum, aber wären sie auch mit Datum versehen, es hätte mir nicht viel geholfen, da das Tagebuch, je weiter es fortschreitet, immer sparsamer und sparsamer wird und zuletzt mit einigen Ausnahmen jedes Datieren aufgiebt. Als ob in diesem Stadium die Geschichte qualitativ so bedeutungsvoll wird, und sich trotz der historischen Wirklichkeit in solchem Grade der Idee nähert, dass dabei alle Zeitbestimmungen gleichgültig werden. Dagegen hat mir geholfen, dass an verschiedenen Stellen im Tagebuch ein paar Worte existieren, deren Bedeutung ich am Anfang nicht verstand. Ich habe, indem ich diese Worte mit den Briefen zusammenstellte, herausgefunden, dass sie Motive zu den Briefen abgeben. Daher ist es mir eine leichte Sache, sie an den richtigen Stellen einzuflechten, indem ich immer den Brief an der Stelle einschiebe, wo das Motiv zu demselben sich befindet. Hätte ich nicht diesen Hinweis gefunden, so würde ich mich eines Missverständnisses schuldig gemacht haben. Denn sicher wäre es mir nie eingefallen — was jetzt aus dem Tagebuch mit Wahrscheinlichkeit hervorgeht, nämlich, dass die Briefe hie und da sich so dicht aufeinander gefolgt sind, dass sie ab und zu mehrere an einem Tag empfangen zu haben scheint.

Kurz nachdem er Cordelia verlassen, schrieb sie ihm einige Briefe, er sandte sie ungeöffnet zurück. Auch diese erhielt ich von ihr. Sie selbst hatte die Siegel bereits aufgebrochen, deshalb darf ich mir wohl erlauben, sie zu kopieren. Über die Briefe hat sie nie zu mir gesprochen, dagegen pflegte sie, wenn sie von ihrer Beziehung zu Johannes sprach, oft eine kleine Strophe, ich glaube von Goethe, zu recitieren. Dieser Vers hatte je nach ihrer Stimmung immer etwas Verschiedenes zu bedeuten:

„Gehe,
Verschmähe
Die Treue,
Die Reue
Kommt nach."

Folgendermassen lauten ihre Briefe:

Johannes!

Mein, nenne ich Dich nicht. Ich sehe es ein, Du bist niemals mein gewesen, dafür bin ich hart genug bestraft, dass ich einmal diesen Gedanken als meine Freude und Wonne festhielt; und doch ich nenne Dich: mein; mein Verführer, mein Betrüger, mein Feind, mein Mörder, meines Unglücks Quell, Grab meiner Freude, Abgrund meiner Unseligkeit. Ich nenne Dich: mein, und nenne mich Dein, und wie es einst Deinen Sinnen schmeichelte, die sich in Anbetung vor mir beugten, so töne es nun wie ein Fluch über Dich, in alle Ewigkeit als Fluch.

Dessen sollst Du Dich nicht freuen und nicht meinen, ich würde Dich unausgesetzt verfolgen, um Deinen Spott aufzureizen! Fliehe, wohin Du willst, Dein bin ich doch; ziehe an die Grenzen der Welt, Dein bin ich, liebe andere, hundert andere, ich bin die Deine, Dein bis zur Todesstunde. Die Sprache selbst, die ich gegen Dich führe, sie zeugt, dass ich Dein bin. Vermessen hast Du Dich, einen armen Menschen zu verführen, so dass Du mir alles wur-

dest, und es war mir meine höchste Freude, Dir
Sklavin zu werden. Ja, ich bin Dein, Dein, Dein,
Dein Fluch. Deine Cordelia.

Johannes!
Ein reicher Mann hatte sehr viel Schafe und Rinder; und ein armes kleines Mädchen hatte nur ein einziges kleines Schäfchen; das ass von ihrem Bissen und trank aus ihrer Schale. Du, der reiche Mann, reich an allen Schätzen der Welt, und ich die Arme, hatte nichts als meine Liebe. Du hast sie hingenommen, sie freute Dich, aber als Dir eine neue Lust winkte, opfertest Du das Bischen, das ich hatte; Du wolltest nichts von Dir opfern. Ein reicher Mann hatte sehr viele Schafe und Rinder; und ein armes kleines Mädchen, das hatte nichts als seine Liebe.
Deine Cordelia.

Johannes!
Ist alle Hoffnung vergebens? Erwacht Deine Liebe niemals wieder? Ich weiss ja, dass Du mich geliebt hast, wenn ich auch nicht weiss, woher mir diese Gewissheit kommt. Warten will ich, wenn mir auch die Zeit lang scheint, warten, warten, bis Du niemand anders mehr lieben magst. Steht mir Deine Liebe dann wieder aus dem Grab auf, dann werde ich Dich wie immer lieben, wie ehemals, o Johannes, wie ehemals! Johannes! Kann Dein wahres Wesen gegen mich diese herzlose Kälte sein? Könnte Deine

Liebe, Dein reiches Herz eine innere Lüge sein?
O werde bald wieder Du selbst! Sei geduldig gegen
meine Liebe, verzeih, ich kann nicht aufhören, Dich
zu lieben; wenn auch meine Liebe Dir eine Last ist,
einmal kommt doch die Zeit, wo Du zu Deiner Cordelia zurückkommst. Deine Cordelia! höre doch, —
das flehende Wort — Deine Cordelia, Deine Cordelia?

                                                   Deine Cordelia.

Man bemerkt, Cordelia verstand ihre Rede zu mo-
dulieren, wenn ihre Stimme auch nicht diese Bedeutung hatte, welche Johannes zur Bewunderung
zwang. Wenn sie sich auch nicht so klar und
sicher auszudrücken versteht, ihre Briefe geben doch
jede Stimmung wieder. Besonders fällt dies beim
letzten Brief auf; freilich kann man in demselben
nur ahnen, was sie will, aber dieser Mangel giebt
ihm für mich etwas Rührendes.

4. April. Vorsicht, meine schöne Unbekannte! Vorsicht! Es ist nicht so leicht, aus einem Wagen heraus-
zutreten, manchmal ist das ein Schritt von Bedeutung.
Wagentritte sind oft so verkehrt eingerichtet, man
muss alle Grazie verlieren, um glücklich herauszu-
kommen. Oft kann man sich nicht anders retten als
durch einen halsbrecherischen Sprung in den Arm des
Kutschers oder des Lakaien. Kutscher und Lakai,
ja, die haben es gut. Ich glaube, ich hätte wirklich
grosse Lust, in einem Hause, wo junge Damen sind,

eine Dienerstelle anzunehmen. Wie leicht kommt ein Diener hinter die Geheimnisse eines kleinen Fräuleins. — Aber um Gotteswillen, springen Sie doch nicht so heraus, ich bitte Sie, es ist ja dunkel; ich werde nicht stören, ich stehe hinter der Strassenlaterne, dann können Sie mich unmöglich bemerken, und man kommt doch nur in Verlegenheit, wenn man weiss, es wird einem nachgeschaut — also bitte, steigen Sie jetzt aus! Lassen Sie Ihren reizenden zierlichen Fuss, den ich schon bewunderte, sich in die Welt wagen! Mut! Trauen Sie ihm, er wird schon festen Grund fassen und wenn Ihnen auch einen Augenblick bang wird, Sie finden ihn, und wird Ihnen dann auch noch bang sein? O ziehen Sie nur schnell den andern Fuss auch nach, — könnte jemand so grausam sein, Sie in solch gefährlicher Situation zu lassen, wer wäre so ohne Sinn für das Schöne, dass er gegen die Offenbarung einer Schönheit blind wäre? Oder ist Ihnen noch vor einem Unberufenen bang — doch nicht vor dem Lakai, doch nicht vor mir —, ich habe Ihren kleinen Fuss bereits gesehen, und habe als Naturforscher von Cuvier gelernt, daraus meine sicheren Schlüsse zu ziehen. Also flink! Wie dieses Bangen Ihre Schönheit hebt. Aber nein, Angst an und für sich ist nichts Schönes, nur wenn man zugleich die Anstrengung zur Überwindung dabei bemerkt. Endlich! Ah! Schau, wie sicher der kleine Fuss steht!
— Nicht ein Mensch hat es bemerkt. Nur im Augen-

blick, wo Sie in das Hausthor treten, geht eine dunkle Gestalt an Ihnen vorbei. Sie werden rot? Sie sehen sich etwas aufgeregt, etwas stolz verächtlich um? Ein flehender Blick, und eine Thräne in Ihrem Auge? Beides ist schön für mich, und von beidem ergreife ich mit gleichem Recht Besitz. Aber ich bin boshaft, — wie ist die Hausnummer? Und sehe ich recht, es ist ein Galanteriewarengeschäft. Meine schöne Fremde, ist es auch empörend, ich folge Ihnen.... Sie vergass es, ach ja; ist man siebzehn Sommer alt und macht in solchem Alter Einkäufe und betrachtet alles, was man in die Hand nimmt, mit unbeschreiblichem Vergnügen, ja dann kann man leicht alles vergessen.

Sie hat mich noch nicht gesehen, ich stehe am andern Ende des Ladentisches; gegenüber an der Wand hängt ein Spiegel. Sie weiss es noch nicht, aber der Spiegel weiss es. O unglücklicher Spiegel, nur ihr Bild kann er festhalten, aber nicht sie selbst. O unglücklicher Spiegel, er kann ihr Bild nicht auffangen und vor der Welt verstecken, er muss es auch andern verraten, wie jetzt mir. Welche Folter, wenn der Mensch so beschaffen wäre! Und doch, es giebt so viele Menschen, die erst fühlen, was sie besitzen, wenn sie es anderen zeigen, die nur das Äusserliche festhalten, nicht das Wesen, die alles verlieren, wenn das innere Wesen sich zeigt, wie dieser Spiegel ihr Bild verlöre, wenn sie durch einen einzigen Atemzug ihr Herz vor ihm verraten würde....

Wie schön ist sie doch! Armer Spiegel, welche Qual! Gut, dass du ohne Eifersucht sein kannst. Ihr Haupt ist von einem vollkommenen Oval. Sie beugt es ein wenig vor, dadurch wird die Stirn höher, die Stirn, die sich rein und stolz ohne jedes Abzeichen wölbt. Ihr Haar ist dunkel, ihre Haut durchsichtig und fasst sich wie Sammet an, das fühle ich mit meinen Augen. Ihre Augen — nein, die konnte ich noch nicht sehen, da sie von langen Wimpern verdeckt sind, welche sich wie Nadeln biegen und für den gefährlich werden, der ihren Blick sucht. Ihr Gesicht ist wie eine Frucht. Jeder Übergang ist rund und voll. Ihr Kopf ist ein reiner, unschuldiger Madonnenkopf. Sie zieht einen Handschuh aus und zeigt dem Spiegel — und aber auch mir die Hand so blendend und wohlgeformt, als wäre es die einer Antike, ohne Schmuck und besonders ohne den glatten Ring am vierten Finger. — Bravo! — Jetzt schlägt sie das Auge gross auf, das verändert alles und doch ist sie dieselbe: Die Stirn ist jetzt weniger hoch, vorher schien das Gesicht ovaler, aber jetzt ist es lebendiger. Sie redet zu dem Kommis, sie ist munter und redet gern. Zwei, drei Waren hat sie bereits gewählt, sie nimmt eine vierte in die Hand, betrachtet sie, fragt nach dem Preis und legt sie auf die Seite unter ihren Handschuh. Ist es etwas für den Geliebten — aber verlobt ist sie ja nicht. Ach, es giebt viele, die nicht verlobt sind und doch einen Geliebten haben,

und viele sind verlobt und haben keinen Geliebten.
Soll ich sie aufgeben? Soll ich sie ungestört ihrer
Harmlosigkeit überlassen.... Jetzt möchte sie bezahlen, aber sie hat ihr Geldtäschchen vergessen ...
wahrscheinlich giebt sie jetzt ihre Adresse an; ich
mag sie nicht hören, ich will mich nicht einer Überraschung berauben, wir treffen uns wohl noch einmal im Leben und — — ich werde sie gewiss
wiedererkennen, sie mich vielleicht auch. Meinen
Blick von der Seite vergisst man nicht so leicht.
Wenn ich einmal überrascht werde, sie in einer
Umgebung zu finden, die sie nicht erwartete, dann
kommt an sie die Reihe. Erkennt sie mich aber
nicht wieder, so überzeugt mich sofort ihr Gesichts-
ausdruck und ich bekomme gewiss Gelegenheit, sie
von der Seite zu betrachten. Beim Himmel, dann
wird sie sich erinnern, dass das schon einmal geschehen ist. Nur nicht ungeduldig, keine Gier, sie
ist auserlesen und ich werde sie bekommen.

5. April. Ich liebe das: allein am Abend in der Östergade. Ja, ich habe bereits den Diener gesehen, der
Ihnen folgt; wie könnte ich so schlecht denken, zu
glauben, Sie würden ganz allein gehen. Glauben Sie
ja nicht, dass ich mit meinem Blick für jede Situation
so unerfahren bin, dass ich nicht sofort diese ernst-
zunehmende Gestalt des Bedienten bemerkt hätte.
Warum aber gehen Sie so rasch? Nicht wahr, etwas
Angst und Herzklopfen hat man doch, nicht weil

man sich so sehr nach Hause zu kommen sehnt, sondern aus unbestimmbarer Furcht, die mit süssem Bangen einem durch und durch geht, deshalb diese schnelle Art zu gehen. Herrlich, unbezahlbar ist es aber doch, ganz allein so zu gehen — den Bedienten natürlich hinter sich . . Man ist sechzehn Jahre alt, man hat ein bischen gelesen, das heisst nur Romane, man hat, wenn man durch das Zimmer der Brüder ging, einige Worte von einem Gespräch zwischen ihnen und ihren Freunden aufgefangen, einige Worte von der Östergade. Später ist man wiederholt durch jenes Zimmer gesprungen, um womöglich noch etwas mehr zu erfahren. Doch umsonst. Ein grosses junges Mädchen dürfte doch wirklich ein bischen Bescheid von der Welt haben. Ob man so ohne weiteres mit dem Bedienten hinter sich ausgehen kann. Na, ich danke. Vater und Mutter würden verblüfft aussehen, und welchen Grund wollte man denn angeben? Wenn man eingeladen ist, so passt die Zeit noch nicht, da ist es zu früh; zwischen Neun und Zehn, das wäre die richtige Zeit, hörte ich August sagen; wenn man nach Hause geht, ist es wieder zu spät und da sollte man auch meistens einen Kavalier mit sich haben. Donnerstag Abend, wenn wir vom Theater kommen, das wäre im Grunde eine wunderbare Gelegenheit, aber da soll man in der Karrete fahren und Frau Thomsen und ihre liebenswürdigen Cousinen mit sich im Wagen haben. Wenn man wenigstens allein führe, so könnte man das Fenster herunterlassen und ein bischen Umschau halten. Doch unverhofft kommt oft. Heute sagte mir Mutter: Du wirst gewiss nicht mit dem fertig, was Du zum Geburtstag Deines Vaters zu sticken hast, um ganz ungestört zu sein, gehe zu Tante Jette und bleibe bis zum Thee dort, Jens wird Dich später holen. Diese Mitteilung der Mutter war zwar nicht sehr amüsant, denn bei Tante Jette ist es schrecklich langweilig, doch dafür kann ich allein mit dem Bedienten um neun Uhr nach Hause gehen. Wenn Jens jetzt kommt, so lass ich ihn bis drei Viertel Zehn Uhr warten, und — dann gehen wir. Wenn ich ausserdem meinen Bruder und Herrn August treffen würde — aber das ist vielleicht nicht gut, sonst würden wir alle zusammen denselben Weg gehen. — Nein, ich danke, am liebsten will ich freie Hand haben, die Freiheit, — aber wenn ich sie entdecken könnte, ohne dass sie mich sähen... Na kleines Fräuleinchen, was würden Sie denn entdecken und was glauben Sie, das ich bei Ihnen entdecke? Erstens die kleine Mütze, die Ihnen ausgezeichnet steht, und mit Ihrer in aller Eile ausgedachten Expedition vollständig zusammenpasst. Es ist kein Hut, keine Mütze, eher eine Art Haube. Aber die können Sie unmöglich heute Morgen, als Sie von zu Hause fortgingen, aufgesetzt haben. Sollte der Diener sie mitgebracht haben, oder ist sie von Tante Jette geliehen? — Vielleicht haben Sie sich incognito kleiden wollen? — Den Schleier darf man auch nicht ganz herunterlassen, wenn man beobachten will. Vielleicht ist es kein Schleier, nur eine breite Blonde. Das kann man im Finstern unmöglich bestimmen. Das Kinn ist ganz schön, ein wenig zu spitzig. Der Mund klein und etwas offen, das kommt davon, dass Sie so schnell gehen. Die Zähne — weiss wie Schnee. So soll es sein. Von den Zähnen hängt Vieles ab. Sie sind eine Leibwache, die sich hinter der verführerischen Weichheit der Lippen versteckt. Die Wangen sind rosig von Gesundheit. Böge man den Kopf etwas zur Seite, so wäre es vielleicht möglich, sich unter diesem Schleier oder der Blonde hineinzudrängen. Nehmen Sie sich in acht, ein solcher Blick von unten ist viel gefährlicher als einer gradeaus. Es ist wie beim Fechten. — Und welche Waffe ist so stark, so durchdringlich, so blitzend in ihrer Bewegung und dadurch so verräterisch wie ein Auge? . . . Unerschüttert geht sie vorwärts. Nehmen Sie sich in acht; ein Mensch kommt, lassen Sie den Schleier herunter, sonst beleidigt Sie sein profaner Blick, Sie machen sich keine Vorstellung davon, es könnte vielleicht lange dauern, ehe Sie diese widrige Angst los würden, die er Ihnen beibrachte. — Sie bemerken es nicht, aber ich bemerke es, er überschaut die Situation. — Ja, da sehen Sie selbst, es kann Folgen haben, wenn man allein mit einem Diener ausgeht. Der Diener ist hingefallen. Im Grunde ist es ja nur lächerlich, aber was ist jetzt zu thun? Zurückgehen,

ihm beim Aufstehen helfen, sein Rock wurde ganz
schmutzig? Das ist unangenehm. Und allein weiter-
gehen? Das ist gewagt. Nehmen Sie sich in acht,
der Scheussliche kommt näher... Sie antworten mir
nicht, schauen mich nur an. Lässt mein Äusseres
Sie etwas fürchten? Ich mache gar keinen Eindruck
auf Sie, ich sehe gutmütig aus, wie ein Mensch aus
einer anderen Welt. In meiner Rede ist nichts Be-
unruhigendes. Nichts was an die Situation erinnern
könnte. Kein ungeziemendes Betragen. Sie sind
noch ein bischen ängstlich. Sie haben noch nicht
die Dreistigkeit, jene widerliche Figur zu vergessen.
Sie fangen an gegen mich freundlich gestimmt zu
werden, meine Verlegenheit, die mir verbietet, Sie
anzusehen, giebt Ihnen die Übermacht. Das freut
Sie und macht Sie sicher. Sie könnten fast in Versuchung kommen, mich zum Besten zu halten. Ich
wette, dass Sie in diesem Augenblick die Courage
hätten, mich unter den Arm zu nehmen, wenn Sie
diesen Einfall bekämen. . . . Also in der Stormgade
wohnen Sie. Sie verbeugen sich kalt und flüchtig
vor mir. Habe ich das verdient, dass ich Sie
aus der unangenehmen Geschichte gezogen habe?
Sie bereuen es? Sie kehren zurück, danken mir für
meine Artigkeit, reichen mir die Hand — warum er-
bleichen Sie? Ist meine Stimme nicht unverändert,
meine Haltung dieselbe, mein Auge still und ruhig?
Dieser Handdruck? Kann denn ein Handdruck etwas
zu bedeuten haben. Ja, viel, sehr viel, mein kleines

Fräulein, sehr viel, binnen vierzehn Tagen werde ich Ihnen alles erklären; bis da muss dieser Widerspruch ungelöst für Sie bleiben. Ich bin ein gutmütiger Mensch, der als Ritter einem jungen Mädchen zu Hilfe kommt und ich kann auch Ihre Hand in einer anderen als nur gutmütigen Weise drücken.

7. April. „Also Montag um ein Uhr auf der Ausstellung". Sehr gut, ich werde die Ehre haben mich drei Viertel Eins einzufinden. Ein kleines Rendezvous. Sonnabend beschloss ich schnell und lustig eine Visite bei meinem verreisten Freund Adolf Bruun zu machen. Um sieben Uhr Abends begab ich mich in die Westergade, wo man mir gesagt hat, dass er wohnen sollte. Er war nicht zu finden, nicht einmal in der dritten Etage, wo ich ganz atemlos hinaufkam. Als ich wieder die Treppe hinuntergehe, wird mein Ohr von einer weiblichen melodischen Stimme berührt, die halblaut sagt: „Also Montag um ein Uhr auf der Ausstellung; da sind die andern aus, aber Du weisst, ich darf Dich nie hier zu Hause sehen". Die Einladung galt nicht mir, aber einem jungen Menschen, der mit eins, zwei, drei zur Thür hinauslief, so schnell, dass nicht einmal mein Auge, noch minder meine Beine ihn erreichen konnten. Warum hat man nicht Gas auf den Treppen, dann könnte ich mich doch wenigstens überzeugen, ob es sich lohnte, so pünktlich zu sein. Doch wäre Gas dagewesen, so hätte ich vielleicht

nichts zu hören bekommen. Das Bestehende ist doch das Vernünftigste, ich bin und bleibe ein Optimist. . . . Wer ist sie jetzt? Auf der Ausstellung wimmelt es ja von jungen Mädchen, um die Worte von Donna Anna im Don Juan anzuwenden. Es ist präcis drei Viertel Eins! Meine schöne Unbekannte! Möchte doch Ihr Zukünftiger in jedem Fall so pünktlich sein wie ich, oder wünschen Sie vielleicht, dass er nie ein Viertel zu früh käme? Wie Sie wünschen, ich bin zu jedem Dienst bereit. . . „Reizende Zauberin, Fee oder Hexe, lass Deine Nebel verschwinden", offenbare Dich, Du bist gewiss schon da, aber unsichtbar für mich, verrate Dich, denn sonst darf ich wohl keine Offenbarung erwarten. Sollte es vielleicht mehrere hier geben, mit derselben Absicht wie Sie? Wohl möglich. Wer kennt des Menschen Wege, selbst wenn er auf Ausstellungen geht. — — Da kommt ein junges Mädchen in das Vorzimmer, schneller laufend als das böse Gewissen nach dem Sünder. Sie vergisst ihr Billet abzugeben, der rote Portier hält sie an. Gott behüte, welche Eile! Sie muss es sein. Warum so heftig, es ist noch nicht ein Uhr. Erinnern Sie sich doch, Sie wollten Ihren Geliebten treffen; bei einer solchen Gelegenheit kann es doch nicht gleichgültig sein, wie man aussieht. Wenn solch junges unschuldiges Blut zu einem Rendez-vous geht, so stürzt sie hinzu wie ein Rasender. Sie ist ganz ausser Fassung gekommen. Ich dagegen sitze hier ganz bequem in meinem Stuhl und betrachte ein schönes Landschaftsbild. . . . Zum Teufel, was für ein Mädchen, sie stürmt durch alle Zimmer. Sie sollten allenfalls Ihre Begierde etwas verstecken. Erinnern Sie sich, was man zu Jungfrau Lisbeth in Erasmus Montanus sagt: Es passt sich nicht, dass ein junges Mädchen derart lüstern nach dem Beischlaf ist. Selbstverständlich, Ihr Rendez-vous ist eines von den unschuldigen. — — — Ein Rendez-vous zwischen Geliebten wird gewöhnlich als das Schönste angesehen. Ich selbst erinnere noch so deutlich als wäre es gestern, das erste Mal, da ich zum verabredeten Platz eilte, mit einem Herzen so reich und doch so unbekannt mit der Freude, die mich erwartete, das erste Mal, da ich dreimal in die Hände klatschte, das erste Mal, da sich ein Fenster öffnete, das erste Mal, da eine kleine Gartenpforte von einem Mädchen unsichtbar geöffnet wurde — das erste Mal, dass ich ein Mädchen in der hellen Sommernacht unter meinem Mantel verbarg. Doch in ein Urteil darüber mischt sich viel Illusion. Der ruhige Beobachter findet nicht immer, dass die Geliebten in diesem Augenblick am schönsten sind. Ich bin Zeuge gewesen, wo der Totaleindruck, trotzdem das Mädchen reizend und der Mann schön war, fast widrig berührte. Wenn man erfahrener wird, gewinnt man gewissermassen; wohl verliert man die süsse Unruhe der ungeduldigen Sehnsucht, aber man bekommt genug Beherrschung, um den Augenblick wirklich schön zu gestalten. Ich ärgere mich, wenn ich einen Mann bei solcher Gelegenheit so verwirrt sehe, dass er vor lauter Liebe ein delirium tremens bekommt. Was verstehen denn Bauern von Gurkensalat? Statt ruhig ihre Unruhe zu geniessen, sie ihre Schönheit aufflammen zu lassen, und sie erglühen zu lassen, schafft ein solcher Liebhaber eine unschöne Konfusion, und kehrt froh heim und bildet sich ein, es war herrlich. — — — — Aber zum Teufel, wo bleibt der Mensch, es ist bald zwei Uhr. Ja, sie sind eine sonderbare Menschengattung, die Verliebten. So ein Schlingel lässt ein junges Mädchen auf sich warten. Nein, da bin ich ein anderer zuverlässiger Mensch! Das Beste ist, ich rede sie an, wenn sie jetzt zum fünften Mal an mir vorbeikommt. „Verzeihen Sie meine Dreistigkeit, schönes Fräulein, Sie suchen gewiss Ihre Familie hier? Sie sind mehrmals an mir vorbeigegangen, und indem mein Auge Ihnen folgte, bemerkte ich, Sie blieben immer im vorletzten Zimmer stehen. Vielleicht wissen Sie nicht, dass noch ein Zimmer drinnen ist, vielleicht treffen Sie dort die, welche Sie suchen." Sie verbeugt sich vor mir, es steht ihr sehr gut. Die Gelegenheit ist günstig, es freut mich, dass der Mensch nicht kommt, man angelt am besten im unruhigen Wasser. Wenn ein junges Mädchen aufgeregt ist, kann man vieles wagen, was sonst misslich wird. Ich habe mich vor ihr so fremd als möglich verbeugt, ich sitze wieder auf meinem Stuhl

und betrachte die Landschaft und halte mein Auge
auf sie gerichtet. Sie sofort zu begleiten war zu
viel gewagt, man könnte glauben, ich wäre aufdringlich; und dann ist sie auf der Hut; jetzt meint sie,
ich hätte sie aus Teilnahme angeredet und ich bin
gut bei ihr angeschrieben.

Ich weiss, dass keine Seele in dem letzten Zimmer
ist. Die Einsamkeit wird günstig auf sie wirken;
so lange sie viele Leute um sich sieht, ist sie unruhig, wenn sie etwas allein ist, wird sie still. Ganz
richtig, sie bleibt drinnen. Nach einer Weile
komme ich nach, so ganz en passant. Ich habe noch
zu einer Anrede Recht. Sie ist mir beinahe einen
Gruss schuldig. Sie hat sich gesetzt. Armes Mädchen, sie sieht so wehmütig aus. Sie hat geweint,
glaube ich, oder wenigstens Thränen im Auge gehabt. Es ist empörend, — ein solches Mädchen zu
Thränen zu bringen. Aber sei ruhig, Du sollst gerächt werden, ich werde Dich rächen. Er soll zu
wissen bekommen, was es heisst, zu warten. — Wie
schön sie ist, jetzt wo die Windstösse sich gelegt
haben, und sie ruht in einer einzigen Stimmung
aus. Ihr Wesen ist Wehmut und Harmonie der
Schmerzen. Sie ist wirklich hinreisend. Sie sitzt da
in ihrem Reisekleid, und doch sitzt sie nicht da,
als ob sie wegreisen will. Sie zog es nur an, um
in die Freude hinauszuziehen, jetzt ist es ein Symbol
für ihren Schmerz. Sie ähnelt der, von der die
Freude fortzieht. Sie sieht aus, als nehme sie für

immer vom Geliebten Abschied. Lass ihn laufen!
— Die Situation ist günstig, der Augenblick winkt.
Jetzt gilt es, mich so auszudrücken, dass es aussieht,
als wäre ich der Meinung, sie suche ihre Familie
oder eine Gesellschaft hier, und doch muss ich es auch
so warm sagen, dass jedes Wort mit ihren Gefühlen
sich deckt. Dabei bekomme ich Gelegenheit, mich in
ihre Gedanken einzuschleichen. — — Der Teufel
hole den Schlingel. Kommt da nicht jetzt ein Individuum angestiegen, welches ohne Zweifel er selbst
ist. Hat man je solch einen Esel gesehen. Jetzt, wo
eben die Situation so ist, wie ich sie mir wünschte.
Ja, ja, etwas wird wohl doch noch dabei herauskommen. Ich muss ihr Verhältnis tangieren, eine Rolle
in der Situation mitspielen. Wenn sie mich wiedersieht, wird sie unwillkürlich über mich lachen, mich,
der glaubte, sie suche ihre Familie hier, während sie
etwas ganz anderes suchte. Dieses Lächeln macht
mich zu ihrem Vertrauten, das ist doch etwas. . . . .
Tausend Dank, mein Kind, dies Lächeln ist mir viel
mehr wert, als Du glaubst, das ist der Anfang, und der
Anfang ist immer das Schwerste. Jetzt sind wir Bekannte,
und unsere Bekanntschaft ist auf einer pikanten Situation gegründet. Für mich ist das allenfalls im Augenblick genug. Mehr als eine Stunde bleibt Ihr nicht
hier. In zwei Stunden weiss ich, wer Sie sind. Warum,
glauben Sie sonst, hielte die Polizei Volkszählung?

9. April. Bin ich blind? Verlor das innerste Seelen-

auge seine Sehkraft? Ich habe sie gesehen, einen Augenblick nur, aber wie eine Offenbarung des Himmels, und jetzt ist mir ihr Bild wieder ganz verloren gegangen. Vergeblich suche ich es mir zurückzurufen. Und doch würde ich sie unter Hunderten wiedererkennen. Sie ist fort, vergeblich sucht meine Sehnsucht sie mit dem Auge der Seele. — Ich promenierte auf der „Langen Linie" scheinbar ohne auf meine Umgebung zu achten, doch zugleich blieb meinem spähenden Blick nichts unbemerkt — plötzlich sah ich sie. Ohne länger dem Willen seines Herrn zu folgen, blieb mein Blick auf ihr haften. Es war mir unmöglich, eine einzige Bewegung zu machen, ich sah nicht, ich starrte. Wie ein Fechter, der am Platz bleibt, so blieb mein Auge unverändert, versteinert, in der einmal angenommenen Richtung. Es war mir unmöglich es niederzuschlagen, es war mir unmöglich meinen Blick in mir zu verbergen, unmöglich etwas zu sehen, weil ich zu viel sah! Das einzige was ich bemerkt habe, war ein grüner Mantel, den sie trug. Das ist das Ganze. Man muss sagen, das heisst nur die Wolke sehen anstatt Juno. Eine ältere Dame begleitete sie, ihre Mutter glaube ich. Diese kann ich ganz deutlich beschreiben, obgleich ich sie kaum angeschaut habe, höchstens en passant. So kann es einem ergehen. Das Mädchen, das Eindruck auf mich machte, habe ich vergessen. Sie ist von mir geflohen wie Joseph von der Frau des Potiphar, nur ihr Mantel blieb mir.

14. April. Meine Seele ist noch in denselben Widersprüchen eingeschnürt. Ich weiss, dass ich sie gesehen habe, aber ich weiss auch, dass ich sie wieder vergessen habe, und so vergessen, dass der Rest von Erinnerung, der blieb, nicht sehr erquicklich ist. Mit einer Unruhe und einer Heftigkeit, als ob mein ganzes Wohl auf dem Spiel stünde, fordert meine Seele dieses Bild. Und doch zeigt es sich nicht mehr, ich möchte mein Auge herausreissen und es strafen, dass es so leicht vergessen kann. Wenn meine Ungeduld ausgetobt hat, wenn es in mir still wird, da ist es, als ob Ahnung und Erinnerung ein Bild webten, das ich aber doch nicht zu voller Gestaltung und in ruhige Umrisse bringen kann. Es ist wie ein Muster von feinstem Gewebe, das Muster aber ist heller als der Grund und kann nicht allein gesehen werden, weil es zu hell ist. Ich befinde mich in einem sonderbaren Zustand. Doch ist er an und für sich etwas Angenehmes. Das Angenehme ist ausserdem noch das, dass er mich überzeugt, ich bin noch jung. Und noch eine andere Beobachtung an mir überzeugt mich von meiner Jugend, nämlich, dass ich meine Beute unter jungen Mädchen suche und nicht unter jungen verheirateten Frauen. Eine verheiratete Frau hat weniger Natur und mehr Koketterie, ein Verhältnis zu einer solchen ist nie schön, noch interessant, es ist pikant und das Pikante ist immer das Letzte. — Ich hatte nicht erwartet, noch einmal den Rahm erster Verliebtheit

abzuschöpfen. Ich bin aber noch einmal in Verliebtheit geraten, also kein Wunder wenn ich ein bischen verwirrt bin. Um so besser, desto mehr verspreche ich mir aus dem Verhältnis. Ich kenne mich selbst kaum wieder. Mein Herz stürmt wie ein aufgewühltes Meer in leidenschaftlichem Sturm. Wenn mich ein anderer sehen könnte, würde er meinen, ein Schiff schneide mit der Spitze die hohe Flut und müsse auf dieser schrecklichen Fahrt in die Tiefe stürzen. Er sieht nicht den Matrosen, der oben im Mast sitzt und Ausschau hält. Stürmt zu, ihr wilden Elemente, wenn auch die Leidenschaftswogen Schaum in die Wolken werfen, ihr schlagt nicht über mir zusammen, ich sitze ruhig, ich bin ein Felsenkönig. Aber ich kann nur schwer Fuss fassen, wie die Wasservögel suche ich mich vergebens im wilden Meer meines Gemütes niederzulassen, und doch, solcher Aufruhr ist mein Element, ich baue darauf, wie der Eisvogel, der sein Nest auf das Meer baut. Die Truthähne brausen auf, wenn sie Rot sehen, mir geht es ebenso, wenn ich Grün sehe, jedesmal, wenn ich einem grünen Mantel begegne; und wie mein Auge mich oft betrügt, wie oft standen alle meine Erwartungen bei den grünen Trägern von Frederiks Krankenhaus.

20. April. Sich beherrschen können, ist für jeden Genuss sehr wichtig. Mir scheint fast, ich sehe und höre nie wieder etwas von dem Mädchen, das mir

Seele und Gedanken gefangen hält. Doch ich will mich ganz ruhig verhalten; diese dunkle und unklare Gemütsstimmung hat auch ihren starken Zauber. Ich liebte von jeher während einer Mondnacht auf einem oder dem andern unserer wunderbaren Seen in einem Boot zu liegen. Ich raffe die Segel, ziehe die Ruder ein, lege mich in ganzer Länge ins Boot und betrachte den Himmel über mir. Wenn die Wellen das Boot an ihrer Brust wiegen, wenn die Wolken vor dem Nachtwind hintreiben, so dass der Mond für Augenblicke kommt und geht, so giebt mir diese Unruhe Ruhe. Die Wellen schläfern mich ein, ihre Musik ist ein einförmiges Wiegenlied; das eilende Ziehen der Wolken, das Fliehen von Licht und Schatten berauscht mich und ich träume im Wachen. So liege ich auch jetzt da mit gerafften Segeln, die Ruder eingezogen, und ich lasse mich von Sehnen und ungeduldigem Erwarten hin und her treiben. Sehnsucht und Erwartung werden stiller und stiller, seliger und seliger, sie liebkosen mich wie ein Kind. Aber die Hoffnung wölbt ihren Himmel über mir, ein Bild, ihr Bild, schwebt unbestimmt wie der Mond an mir vorüber, bald mich mit seinem Licht blendend, bald mich beschattend, welch ein Genuss, sich so auf dem zitternden Wasser zu wiegen, — welch ein Genuss, bewegt zu werden!

21. April. Die Tage vergehen und immer bin ich noch in demselben Zustand. Mehr als jemals finde ich an

den jungen Mädchen Freude und habe doch zum Genuss keine Lust. Das verstimmt mich oft, umschleiert mein Auge und stört mich. Bald kommt jetzt die schöne Zeit, wo man im öffentlichen Strassenleben das aufkaufen darf, was man im Laufe des Winters im Gesellschaftsleben teuer genug bezahlt hat; denn alles kann ein junges Mädchen vergessen, aber nie eine Situation. Das Gesellschaftsleben bringt einen wohl in die Nähe des schönen Geschlechtes, aber es hat nicht Schwung genug, um dort eine wirkliche Geschichte anzufangen. Im Salon ist das junge Mädchen gewappnet, die Situation ist toujours le même, sie bekommen niemals ein wollüstiges Zittern. Auf der Strasse aber sind sie auf hoher See, da wirkt alles viel eingehender, weil alles viel rätselhafter ist. Für das Lächeln eines jungen Mädchens auf der Strasse gebe ich 100 Thaler, dagegen nicht zehn für einen Händedruck im Salon. Erst wenn die Geschichte angefangen hat, sucht man sich seine Beute im Salon. Man ist in seinem Verhältnis zu ihr in eine geheimnisvolle und verführerische Kommunikation getreten — das ist das wirksamste Insitament, welches ich kenne. Sie wagt nicht, davon zu reden und doch denkt sie daran. Sie weiss nicht, ob man es vergessen hat oder nicht; bald täuscht man sie auf die eine, bald auf die andere Weise. Dieses Jahr aber verschaffe ich mir gewiss keinen grossen Vorrat; dieses junge Mädchen beschäftigt mich zu viel.

Mein Vorrat wird gewiss auf diese Weise mager, aber dadurch habe ich Aussicht, das grosse Los zu gewinnen.

5. Mai. Verfluchter Zufall! Ich habe Dich nie verflucht, wenn Du Dich zeigtest, aber jetzt verfluche ich Dich, weil Du Dich nicht zeigen willst. Oder soll es vielleicht von Dir eine neue Erfindung sein, unbegreifliches Wesen, unfruchtbare Mutter von allem, der einzige Rest, der noch von jener Zeit blieb, da die Notwendigkeit die Freiheit gebar, da die Freiheit sich wieder in den Mutterleib zurücknarren liess? Verdammter Zufall! Du mein einziger vertrauter Freund, einziges Wesen, das ich für würdig halte, mein Verbündeter und mein Feind zu sein, immer wechselnd und immer Dir selbst ähnlich, immer unbegreiflich, immer ein Rätsel! Du, den ich mit ganzer Hingabe meiner Seele liebe, in dessen Bild ich mich selbst schaffe, warum zeigst Du Dich nicht? Ich bettle nicht, ich rufe Dich nicht demütig an, dass Du Dich so oder so zeigen solltest, eine solche Gottesanbetung wäre ja Abgötterei und Dir nicht behaglich — ich fordere Dich zum Streit auf, — warum zeigst Du Dich nicht? Oder hat die Unruhe des Weltalls sich gelegt, ist ein Rätsel gelöst, dass auch Du Dich in das Meer der Ewigkeit gestürzt hast? Furchtbarer Gedanke, so ist ja die Welt vor Langeweile stehen geblieben. Verdammter Zufall, ich erwarte Dich. Ich will Dich

nicht durch Prinzipien, oder was die Narren Charakter nennen, besiegen. Nein, ich will Dich dichten. Ich will nicht ein Dichter für andere sein, zeige Dich, ich dichte Dich, ich zehre mein eigenes Gedicht auf, und das ist meine Nahrung. Oder findest Du mich nicht würdig? Wie eine Bajadere zur Ehre Gottes tanzt, so habe ich mich Deinem Dienst geweiht. Leicht, dünn gekleidet, geschmeidig, unbewaffnet, entsage ich allem. Ich besitze nichts, ich will nichts besitzen, ich liebe nichts, ich habe nichts zu verlieren, aber bin ich dadurch Deiner würdiger geworden, Du, der wohl vor langer Zeit müde geworden ist, den Menschen das zu entreissen, was ihnen lieb ist, müde von ihren feigen Seufzern und Gebeten. Überrasche mich, ich bin bereit, kein Einsatz, lass uns nicht um die Ehre streiten. Zeige sie mir, zeige mir eine Möglichkeit, die eine Unmöglichkeit scheint, zeige sie mir in dem Schatten der Unterwelt; ich hole sie herauf, lass sie mich hassen, mich verachten, gegen mich gleichgültig sein, einen anderen lieben, ich fürchte mich nicht; aber bewege das Wasser, brich die Stille ab, so in dieser Weise mich auszuhungern, ist elend von Dir, der sich einbildet, stärker als ich zu sein.

6. Mai. Der Frühling ist da. Alles schlägt aus, auch die jungen Mädchen. Die Mäntel werden fortgelegt, vermutlich wird mein grüner auch fortgelegt. Das

kommt davon, wenn man ein Mädchen auf der Strasse kennen lernt und nicht im Salon, wo man sofort Bescheid bekommt, aus welcher Familie sie ist, wo sie wohnt, ob sie verlobt ist. — Das letzte ist eine sehr wichtige Auskunft für alle ruhigen und ernsthaften Freier, denen es nie einfällt, in ein verlobtes Mädchen verliebt zu werden. So ein Passgänger würde in tödlicher Angst sein, wenn er an meiner Stelle wäre, er wäre ganz zerstört, wenn seine Bestrebungen, sich Aufklärung zu verschaffen, vom Glück gekrönt würden, und wenn er noch dazu erführe, dass sie verlobt wäre. Mich kümmert das nicht viel. Ein Verlobter ist nur eine komische Schwierigkeit. Ich fürchte weder komische noch tragische Schwierigkeiten. Was ich fürchte, ist nur die Langeweile. Noch habe ich keine einzige Auskunft erlangt, trotzdem ich gewiss nichts versäumte und oft fühlte ich die Wahrheit des Dichterwortes: nox et hiems longaeque viae saevique dolores mollibus his castris, et labor omnis inest.
Vielleicht wohnt sie gar nicht hier in der Stadt, vielleicht ist sie vom Lande, vielleicht, vielleicht, ich kann wahnsinnig über alle diese „vielleicht" werden, und je rasender ich werde, desto mehr „vielleicht"! Immer habe ich Geld liegen, um eine Reise zu machen. Vergebens suche ich sie im Theater, auf Konzerten, Bällen, Promenaden. In einem gewissen Grad freut es mich, denn ein junges Mädchen, das an vielen Vergnügen teilnimmt, ist ge-

wöhnlich nicht wert, erobert zu werden; ihr fehlt meistens Ursprünglichkeit, welches für mich ein conditio sine qua non ist und bleibt. Es ist nicht so unmöglich, unter Zigeunern eine Preciosa zu finden, als in den Ballsälen, wo junge Mädchen sich zum Verkauf bieten — in aller Unschuld natürlich, Gott behüte, wer sagt etwas anderes!

12. Mai. Ja, mein Kind, warum blieben Sie nicht ruhig unter dem Thor stehen. Es ist gar nichts Auffallendes, wenn junge Mädchen beim Regenwetter sich unter ein Thor stellen. Das thue ich auch, wenn ich kein Parapluie habe, zuweilen auch, wenn ich es habe, wie jetzt zum Beispiel. Übrigens weiss ich mehrere geachtete Damen, die es ohne Bedenken thun. Man bleibt ganz ruhig stehen, kehrt den Rücken gegen die Strasse, so dass die Vorübergehenden nicht einmal wissen, ob man da steht oder ob man im Begriff ist, zu jemanden ins Haus zu gehen. Dagegen unvorsichtig ist es, sich hinter das Thor zu verbergen, wenn dieses noch dazu halb offen steht, das ist unvorsichtig wegen der Folgen; denn je mehr man sich versteckt, desto unangenehmer ist es, überrascht zu werden. Hat man sich indessen versteckt, so muss man ganz ruhig stehen bleiben, sich seinem guten Genius und Schutzengel empfehlen, besonders muss man nicht immer hinausgucken, — um zu sehen, ob der Regen vorbei ist. Will man das nämlich wissen, so macht man ent-

schlossen einen Schritt vorwärts und schaut den Himmel ernst an. Wenn man dagegen ein bischen neugierig, verlegen, ängstlich, unsicher den Kopf vorsteckt und zurückzieht, — so versteht jedes Kind diese Bewegung, man nennt dieses „Verstecken spielen". Und ich, der immer gern mitspielt, ich würde nicht antworten, wenn ich gefragt würde.... Glauben Sie jedoch nicht, dass ich einem beleidigenden Gedanken über Sie Raum gebe. Sie hatten nicht die fernste Absicht, den Kopf herauszustrecken, das war die unschuldigste Sache von der Welt. Als Gegenleistung dürfen Sie mich nicht in Ihren Gedanken beleidigen, mein guter Name und mein Ruf erträgt das nicht. Ich rate Ihnen, nie einem Menschen von dieser Begebenheit zu sprechen. Auf Ihrer Seite wäre das Unrecht. Ich habe nichts anderes zu thun gedacht, als was jeder Kavalier thun würde, Ihnen mein Parapluie anzubieten.... — — Wo ist sie hin verschwunden? Brillant, sie hat sich in der Thür des Hausmeisters versteckt. — Es ist ein wundervolles kleines Mädchen, so munter und zufrieden. — „Vielleicht könnten Sie mir über eine junge Dame Aufklärung geben, die in diesem heiligen Moment den Kopf aus dem Thor heraussteckte, die sicher wegen eines Parapluies in Verlegenheit ist, ich und mein Parapluie suchen sie." — „Sie lachen, erlauben Sie vielleicht, dass ich morgen meinen Diener schicke und es abholen lasse, oder wünschen Sie, dass ich einen Wagen für Sie holen soll?" —

Keinen Dank, es ist nur schuldige Höflichkeit. —
Sie ist eine von den fröhlichsten Mädchen, die ich
seit langem gesehen, ihr Blick ist so kindlich und
zugleich so herausfordernd, ihr Wesen entzückend
sittsam und doch ist sie neugierig. Ziehe in Frieden, mein Kind, wenn nicht ein grüner Mantel
wäre, hätte ich wohl gern die nähere Bekanntschaft
mit Dir gewünscht. — Sie geht die grosse Strasse
hinunter, wie unschuldig, wie vertrauensvoll war
sie, keine Spur von Prüderie. Wie leicht sie geht,
wie keck sie den Nacken wirft, — der grüne Mantel
fordert Selbstüberwindung. —

15. Mai. Danke, guter Zufall, nimm meinen Dank.
Schlank war sie und stolz, geheimnisvoll und gedankenreich war sie wie eine Tanne, wie ein Sprössling, wie
ein Gedanke, der tief aus dem Innern der Erde nach
dem Himmel emporstrebt. Unerklärlich, sich selbst
unerklärlich, ein Ganzes, das keine Teile hat. Die Buche
hat eine Krone, ihre Blätter erzählen, was unter ihr
vorgegangen ist, die Tanne hat keine Krone, keine
Geschichte, und ist sich selbst ein Rätsel — so
war auch sie. Sie war sie selbst, in sich selbst
verborgen. Selbst stieg sie aus sich selbst heraus,
ein ruhiger Stolz war in ihr, wie die dreiste Biegsamkeit der Tanne, trotzdem sie an die Erde gefesselt ist. Eine Wehmut war über sie gebreitet,
wie das Gurren der Waldtaube. Eine tiefe Sehnsucht, die nichts wünschte, ein Rätsel war sie, ein

Rätsel, das selbst seine eigene Auflösung besass, ein Geheimnis. Und was sind die Geheimnisse aller Diplomaten gegen dieses, ein Rätsel. Und was ist in der Welt so schön als das Wort, das das Rätsel löst. Wo ist doch die Sprache so bezeichnend, so prägnant, wie in diesem Wort „lösen"! Welcher Doppelsinn liegt nicht darin, wie schön und wie stark geht es nicht durch alle Kombinationen, in denen dies Wort vorkommt. Wie der Reichtum der Seele ein Rätsel ist, so lange das Zungenband nicht gelöst ist, und dadurch das Rätsel löst, so ist auch ein junges Mädchen ein Rätsel. — —
— — Danke, guter Zufall, nimm meinen Dank. Wenn ich sie in der Winterzeit zu sehen bekommen hätte, da wäre sie wohl in ihren grünen Mantel eingewickelt gewesen, vielleicht ganz erfroren und die Bitterkeit der Natur hätte ihr die Schönheit vermindert. Aber jetzt, welches Glück! Ich bekam sie zum ersten Mal im Frühling, in der schönsten Zeit des Jahres, zu sehen, bei Nachmittagsbeleuchtung. Der Winter hat natürlich auch seine Vorteile. Ein brillant erleuchteter Ballsaal kann gut ein schöner Rahmen für ein zum Ball gekleidetes junges Mädchen sein; aber teils zeigt sie sich hier selten ganz zu ihrem Vorteil, eben weil alles sie dazu auffordert und ob sie dieser Aufforderung nachgiebt oder Widerstand leistet, beides wirkt störend; teils erinnert alles an Eitelkeit und Vergänglichkeit, und ruft eine Ungeduld hervor, die den Genuss minder

erfrischend macht. Zu gewissen Zeiten möchte ich zwar einen Ballsaal entbehren, aber ich möchte nicht seinen kostbaren Luxus vermissen, seinen reichen Überfluss an Jugend und Schönheit, sein wechselndes Spiel von Elementen, ich geniesse dort jedoch nicht so viel, weil ich nur in Möglichkeiten wühle. Es ist nicht eine einzige Schönheit, die dort fesselt, aber das Ganze. Ein Traumbild schwebt an einem vorbei; worin alle diese weiblichen Wesen sich zusammenmischen, und alle diese Bewegungen suchen etwas, suchen Ruhe in einem Bild, das nicht geschehen wird.

Es war auf dem Wege zwischen dem Nord- und Ostthor. Es mochte ungefähr halb Sieben sein. Die Sonne hatte ihre Kraft verloren, nur die Erinnerung an den Tag leuchtete noch aus dem sanften Abendrot, und die Landschaft war purpurn gefärbt. Die Natur atmete freier. Die See war klar wie ein Glas, die hübschen Gebäude des Bleydammen spiegelten sich im Wasser, das Wasser war in langen Streifen wie Metall dunkel. Der Pfad und die Gebäude des anderen Ufers wurden von schwachen Sonnenstrahlen gezeichnet. Nur hie und da eine leichte Wolke am reinen Himmel, und ihre Bilder glitten hin und verschwanden auf der blanken Stirn der See. Kein Blatt bewegte sich an den Ufern. — Sie war es. Mein Auge betrog mich nicht, doch trotzdem ich mich lange auf diese Stunde vorbereitet hatte, konnte ich meine Unruhe nicht beherrschen. In mir war ein Steigen und Fallen, wie das der Lerche, die über den nahen Feldern mit ihrem Liede stieg und fiel. Sie war allein, wie sie gekleidet war, habe ich vergessen und doch habe ich ein Bild von ihr. Sie war allein, und schien nicht mit sich, sondern mit ihren Gedanken allein zu sein. Sie dachte nicht, aber die Gedanken hatten ein ersehntes Bild vor ihrer Seele auftauchen lassen, ahnungsvoll und unerklärlich, wie die Seufzer eines jungen Mädchens. Sie stand in ihrer schönsten Zeit. Ein junges Mädchen entwickelt sich in mancher Hinsicht nicht wie ein Knabe, sie wächst nicht, sie wird geboren. Ein Knabe fängt sofort an, sich zu entwickeln und braucht dazu lange Zeit, ein junges Mädchen wird lange geboren und wird erwachsen geboren. Darin liegt ihr unendlicher Reichtum; im Augenblick, wo sie geboren wird, ist sie erwachsen, aber dieser Geburtsaugenblick kommt spät. Daher wird sie zweimal geboren, das zweite Mal ist dann, wenn sie sich verheiratet, oder besser: in diesem Augenblick hört sie auf, geboren zu werden, erst in diesem Augenblick ist sie geboren. So geht es nicht nur der Minerva, die vollendet aus Jupiters Stirn springt, nicht bloss der Juno, die in vollem Reiz aus dem Meere auftaucht, so geht es jedem jungen Mädchen, deren Weiblichkeit nicht durch das, was man Entwicklung nennt, verdorben wurde. Sie erwacht nicht allmählich, sondern mit einem Mal. Dagegen träumt sie um so länger, wenn

die Menschen nicht so unvernünftig sind, sie zu
früh zu wecken. Dieses Träumen ist ein unendliches Reichsein.
Sie war beschäftigt, aber nicht mit sich selbst, sondern in sich selber, und dies innere Arbeiten ihrer
Seele war ein unendlicher Friede, eine tiefe Ruhe
in sich selber. Das ist eines jungen Mädchens
Reichtum, nimmt man diesen Reichtum auf, wird
man selbst reich davon. Sie ist reich, ohne zu
wissen, was sie besitzt, sie ist reich und ist ein
Schatz. Ein stiller Friede war über ihr, und ein
zarter Schatten von Wehmut verklärte sie.
Sie schien mir so leicht, als könnte man sie mit
einem Blick aufheben, leicht wie Psyche, von der
man sagt, Genien können sie forttragen, ja sie war
noch leichter, denn sie trug sich selbst fort. Mögen
die Kirchenväter über die Himmelfahrt der Madonna
streiten, mir ist es nicht unbegreiflich, aber die
Leichtigkeit eines jungen Mädchens ist mir unbegreiflich, und spottet allen Gesetzen der Schwere.
Sie bemerkte nichts und glaubte sich deshalb auch
unbemerkt. Ich ging von weitem und verschlang
ihr Bild. Sie ging langsam, keine Hast störte ihren
Frieden oder die Umgebung. Ein Knabe sass am
See und angelte, sie blieb stehen, betrachtete den
Wasserspiegel und den Kork der Angelschnur. Sie
war nicht rasch gegangen, aber sie schien doch
warm geworden zu sein, und knüpfte ein kleines
Tuch am Hals unter ihrem Shawl auf. Dem Knaben

gefiel es wahrscheinlich nicht, dass er beobachtet wurde und schaute sich mit einem gelangweilten Ausdruck nach ihr um. Der kleine Kerl sah dabei so komisch aus, so dass sie über ihn lachen musste. Und wie jugendlich sie lachte! Ihr Auge war gross und leuchtend, mit einem tiefdunkeln Spiegel, in dem man Tiefes ahnen konnte, aber er liess sich nicht durchdringen, das Auge war rein und voll Unschuld, sanft und ruhig, und schelmisch, wenn sie lächelte. Ihre Nase war fein gebogen, von der Seite betrachtet, wurde sie etwas kürzer und kecker. Sie ging weiter gegen das Ostthor. Ich ging ihr nach, glücklicherweise waren mehrere Spaziergänger auf dem Weg, ich sprach bald mit dem einen und dem andern, und liess sie dadurch einen kleinen Vorsprung gewinnen, ich holte sie dann bald wieder ein, und brauchte auf diese Weise nicht immer gleichen Abstand mit ihr zu halten. Gern hätte ich sie, ohne selbst gesehen zu werden, näher gesehen. Von einem Hause einer mir bekannten Familie aus, das am Wege liegt, wäre das leicht möglich gewesen. Ich musste derselben also nur einen kurzen Besuch machen. Mit schnellen Schritten, als ob ich sie gar nicht bemerkte, eilte ich an ihr vorüber. Ich überholte sie eine gute Strecke, begrüsste die Familie und stellte mich am Fenster, das nach der Strasse zu ging, scheinbar absichtslos, auf. Sie kam, ich sah sie an, betrachtete sie wieder und noch einmal, zugleich unterhielt ich mich mit der in der

Wohnstube am Theetisch sitzenden Gesellschaft. Ihr Gang überzeugte mich, sie hatte noch keinen Tanzunterricht genommen, denn sie ging mit Stolz und natürlichem Adel und ohne Aufmerksamkeit auf sich selbst. Ich konnte von dem Fenster nicht die ganze Strasse sehen, nur eine kurze Strecke davon, und eine zum See führende Brücke. Zu meiner Überraschung entdeckte ich sie bald dort. Wohnte sie vielleicht draussen auf dem Lande? Vielleicht wohnte ihre Familie dort für den Sommer. Da ich sie am äussersten Brückenende sah, schien mir wie ein Zeichen, als müsse sie jetzt wieder für mich verschwinden.
Siehe, da zeigt sie sich wieder ganz nahe. Sie war an dem Haus vorbeigegangen und ich greife rasch nach Hut und Stock, um ihr zu folgen, zu erfahren, wo sie wohne — als ich in meiner Hast gegen die Dame, die den Thee reicht, anrenne. Ich höre einen fürchterlichen Schrei, habe aber nur den einen Gedanken, wie ich glücklich hinauskomme; um einen Rückzug zu entschuldigen, sage ich pathetisch: „wie Kain will ich den Ort fliehen, an welchem dieses Theewasser verschüttet wurde." Aber wie wenn alles gegen mich sich verschworen hätte, kommt der Wirt auf die verzweifelte Idee, sich an meine Bemerkung zu hängen und erklärt feierlich, er würde mir das Haus zu verlassen nicht eher erlauben, als bis ich eine Tasse Thee getrunken und den Damen selber den Thee gereicht habe, nur dadurch könne ich alles gut machen. Ich war

davon überzeugt, man werde es als Pflicht der Höflichkeit betrachten, Gewalt anzuwenden, wenn ich nicht willig folgte, und so musste ich bleiben. — Sie war verschwunden.

16. Mai. Wie schön ist es, verliebt zu sein, wie sonderbar, zu wissen, dass man es ist! Das ist der Unterschied. Mich kann der Gedanke verrückt machen, dass sie mir zum zweitenmal verloren gegangen und doch machte es mir auch wieder Freude. Ihr Bild schwebt unbestimmt vor meiner Seele; und dass dieses traumhaft vage Bild doch in Wirklichkeiten ruht, dies gerade hat etwas Zauberhaftes. Ich bin nicht ungeduldig, denn sie muss ja in der Stadt wohnen, und das ist mir für den Augenblick genug. Ihr wirkliches Bild muss sich ja zeigen. Alles will in langsamen Zügen genossen sein. Und sollte ich anders als ruhig sein? Sicher, die Götter müssen mich lieben. Denn mir ist das seltene Glück geschenkt, dass ich noch einmal verliebt bin. Nicht Kunst, nicht Lernen kann das hervorbringen, es ist ein seliges Geschenk. Nun will ich sehen, wie lange die Liebe sich erhalten lässt. Ich liebkose diese Liebe, wie ich es nicht bei der ersten gethan habe. Die Gelegenheit zeigt sich so selten, dann aber muss man sie auch festhalten; denn dieses ist das Verzweifelte: es ist keine Kunst, ein Mädchen zu verführen, wohl aber eine zu finden, die es wert wäre, dass man sie verführe.

Die Liebe hat viele Mysterien und auch dieses erste Verliebtsein ist ein Mysterium, wenn auch nicht das grösste. Die meisten Menschen rasen den Liebesweg, sie verloben sich oder machen andere Dummheiten, und im Handwenden ist alles zu Ende; sie wissen weder, was sie erbeutet, noch was sie verloren haben. Zweimal hat sie sich mir nun gezeigt und ist wieder verschwunden: sie wird sich bald öfter zeigen. Als Joseph Pharaos Traum deutete, fügte er hinzu: „da aber dem Pharao zum andern Mal geträumt hat, bedeutet, dass solches Gott gewisslich und eilend erfüllen wird."
Es müsste interessant sein, die Kräfte, die das Menschenleben bewegen, etwas vorauszuerkennen. Sie lebt nun in stillem Frieden hin, ahnt nichts von meinem Dasein, nichts von dem, was in mir vorgeht und nichts von der Sicherheit, mit der ich in ihre Zukunft hineinblicke; denn meine Seele verlangt mehr und mehr Wirklichkeiten; dieser Wunsch wird immer stärker. Wenn ein Mädchen nicht gleich das erste Mal so tiefen Eindruck auf einen macht, dass sie das Traumbild weckt, so ist die Wirklichkeit im allgemeinen nicht sonderlich wünschenswert; thut sie es aber, dann ist man bei aller Erfahrung doch etwas überwältigt. Wer nun seiner Hand, seines Auges und seines Sieges nicht ganz sicher ist, dem rate ich, seinen Angriff in dem ersten Zustand zu wagen, indem er, weil er überwältigt ist, auch übernatürliche Kräfte besitzt; denn dieses

Überwältigtsein ist eine sonderbare Mischung von Mitgefühl und Eigenliebe. Ein Genuss aber wird ihm entgehen: er geniesst die Situation nicht, da er selber von ihr ergriffen, in ihr verborgen ist. Das Schönste ist immer schwierig, das Interessanteste leicht abzumachen. Aber es ist immer gut, der Sache so nahe wie möglich zu kommen. Das ist der wahre Genuss, und was andere geniessen, verstehe ich nicht. Der Besitz allein ist etwas geringes, und auch die Mittel, welche solche Verliebte gebrauchen, sind meist erbärmlich genug; sie verschmähen nicht einmal Geld, Macht, Fremdeneinfluss, selbst nicht ein Obiat. Aber welchen Genuss gewährt eine Liebe, wenn sie nicht die absolute Hingebung in sich schliesst, ich meine von der einen Seite! Aber dazu gehört in der Regel Geist und der fehlt jenen Liebhabern gewöhnlich.

19. Mai. Cordelia heisst sie also, Cordelia! Das ist ein schöner Name und auch dies ist wichtig, denn es kann oft sehr störend sein, wenn man bei den zärtlichsten Prädikaten einen hässlichen Namen nennen muss. Ich erkannte sie schon von weitem. Sie ging mit zwei anderen Mädchen auf dem linken Trottoir. Man sah es ihnen an, dass sie bald stehen bleiben würden. Ich stand an der Strassenecke und studierte ein Plakat, während ich unausgesetzt meine schöne Unbekannte im Auge behielt. Sie nahmen voneinander Abschied. Die beiden schlugen den ent-

gegengesetzten Weg ein. Nachdem sie einige Schritte weit gegangen waren, lief die eine von ihnen noch einmal zurück, hinter ihr her und rief so laut, dass ich es hören konnte: Cordelia, Cordelia! Dann kam auch noch die dritte wieder, und sie flüsterten leise miteinander, als wären sie zu einem geheimen Rat versammelt. Ich spitzte vergebens die Ohren, um etwas zu hören. Nun lachten alle drei und eilten in etwas rascherem Tempo den Weg, den die beiden schon vorher eingeschlagen hatten. Ich folgte. Sie gingen in ein Haus am Strande. Ich wartete eine Weile, da ja aller Wahrscheinlichkeit nach Cordelia allein bald zurückkehren musste. Das geschah jedoch nicht.

Cordelia! Wirklich ein vortrefflicher Name! So hiess ja auch König Lears dritte Tochter, jene ausgezeichnete Jungfrau, deren Herz nicht auf ihren Lippen wohnte, deren Lippen stumm waren, obgleich ihr Herz so warm schlug. So auch mit meiner Cordelia. Sie gleicht ihr, davon bin ich fest überzeugt; dagegen wohnt ihr Herz doch auf ihren Lippen, im Worte nicht, aber im Kuss. Wie schwellte Gesundheit nicht ihre Lippen! Nie sah ich schönere. Dass ich wirklich verliebt bin, sehe ich unter anderem auch daran, dass ich diese Sache vor mir selber so geheimnisvoll behandle. Alle Liebe, selbst die treulose, ist geheimnisvoll, wenn sie nur das erforderliche ästhetische Moment in sich hat. Nie fiel es mir ein, Vertrauten meine Abenteuer por-

tionsweise auszuteilen. So war es mir fast eine
Freude, dass ich nicht erfuhr, wo sie wohnte, aber
einen kannte, wo sie öfters aus und ein gehen
konnte. Vielleicht bin ich auch dadurch meinem
Ziel etwas näher gekommen. Ich kann, ohne dass
sie es merkt, meine Beobachtungen machen und
von diesem sicheren Punkt aus wird es nicht schwer
werden, bei ihrer Familie Eingang zu finden. Sollte
aber auch dies seine Schwierigkeiten haben — eh
bien! ich nehme auch die Schwierigkeiten auf mich.
Alles, was ich thue, thue ich con amore; und so
liebe ich auch con amore.

20. Mai. Heute habe ich das Haus, in dem sie
verschwand, kennen gelernt. Eine Witwe mit drei
vortrefflichen Töchtern. Hier kann man alles erfahren, alles, wenigstens was sie selber wissen.
Schwierig nur, den Bescheid zu verstehen, denn sie
sprechen alle drei auf einmal. Sie heisst Cordelia
Wahl und ist die Tochter eines Kapitäns der Marine.
Er ist vor einigen Jahren gestorben, die Mutter
auch. Er war ein sehr harter nnd strenger Mann.
Sie lebt nun bei ihrer Tante, der Schwester ihres
verstorbenen Vaters; sie soll ihrem Bruder sehr ähnlich, sonst aber eine ausgezeichnete Frau sein. Dies
ist alles gut und schön, aber mehr wissen sie nicht,
denn sie kommen nie in das Haus; nur Cordelia
kommt öfters zu ihnen. Sie und die beiden Mädchen lernen miteinander das Kochen in der königs-

lichen Küche. Sie kommt daher meistens früh am Nachmittag, zuweilen auch vormittags, aber niemals abends. Sie leben sehr zurückgezogen.
Hier hat also die Geschichte ein Ende und es zeigt sich keine Brücke, die mich in Cordelias Haus führen könnte.
Sie weiss etwas von den Schmerzen des Lebens, sie kennt seine Schattenseiten. Wer hätte das von ihr geglaubt. Doch gehören diese Erinnerungen wohl einem früheren Alter an, es ist ein Himmel, unter dem sie selbst gelebt hat, ohne ihn zu bemerken. Sehr gut, es hat ihr Weibtum bewahrt, sie ist nicht verdorben. Anderseits wird es auch für ihre weitere Erziehung von Bedeutung sein, wenn man recht versteht, es hervorzurufen. Alles das macht stolz, wenn es Einen nicht bricht und sie ist nicht im mindesten gebrochen.

21. Mai. Sie wohnt am Wall. Die Verhältnisse sind nicht günstig; sie hat kein vis-à-vis, dessen Bekanntschaft man machen könnte, auch kann man hier nicht gut unbemerkt seine Beobachtungen machen. Der Wall selbst ist kein geeigneter Platz, man wird zu leicht selbst gesehen. Geht man unten auf der Strasse, kann man nicht ganz nahe am Wall gehen, da dort niemand geht und man zu sehr auffallen würde, und geht man wie gewöhnlich direkt an den Häusern, sieht man selbst nichts. Die Fenster zum Hof kann man von der Strasse sehen, weil das

Haus kein vis-à-vis hat. Wahrscheinlich ist ihr Schlafzimmer dort.

22. Mai. Heute sah ich sie zum erstenmal bei Frau Jansen. Ich wurde ihr vorgestellt. Es schien mir, sie achtete nicht viel auf mich. Um recht aufmerksam sein zu können, verhielt ich mich ganz ruhig. Nur einen Augenblick blieb sie, denn sie holte die Töchter ab, um zur königlichen Küche mit ihnen zu gehen. Während die Damen Jansen sich anzogen, blieben wir allein im Zimmer, und ich richtete mit einer kalten fast beleidigenden Gemütsruhe einige Worte an sie, die sie mit einer Höflichkeit beantwortete, die mir unverdient schien. Dann gingen sie. Ich hätte mich ihnen zur Begleitung anbieten können, aber ich mochte nicht in ihren Augen nur als Kavalier auftreten, denn dadurch, das war mir klar, gewinne ich nie etwas. Ich zog vor, im Augenblick, wo sie gegangen war, auch zu gehen, ich ging viel schneller als die Damen und einen andern Weg, aber auch nach der Küche des Königs. So dass eben, wie sie um die Ecke der Königstrasse bog, ich in grösster Eile an ihr vorbeischoss, zu ihrem höchsten Erstaunen, ohne zu grüssen.

23. Mai. Ich muss mir in dem Hause Zugang verschaffen. Es geht nicht anders. Weitläufig und schwierig wird es werden. Keine Familie kenne ich, die so zurückgezogen lebt. Nur sie und die

Tante sind da. Sie hat keine Brüder, keine Vettern, keine entfernten Verwandten, mit denen man anbinden könnte. Es ist thöricht, dass sie so abgeschieden leben. Man nimmt der Ärmsten jede Gelegenheit, die Welt kennen zu lernen. Das muss sich einmal rächen. Durch solche Abgeschiedenheit sichert man sich wohl gegen kleine Diebe. Denn in dem Hause, wo viel Leute aus und ein gehen, macht die Gelegenheit Diebe. Indessen was hat das zu sagen, bei solchem Mädchen ist nicht viel zu holen. Im sechzehnten Lebensjahre stehen in solchen Herzen schon so viel Herzen eingeschrieben, das ist mir gleich, ob ich da dabei bin. Ich kratze nie meinen Namen in eine Fensterscheibe oder in einen Baum oder in eine Bank in Friedrichsberg.

27. Mai. Ich bin mehr und mehr überzeugt, sie ist eine ganz alleinstehende Figur. Ein Mann darf nicht so sein, ein Jüngling auch nicht. Seine Entwicklung beruht meistens auf dem Nachdenken, deshalb muss er mit andern Leuten in Verkehr stehen. Interessante Mädchen mag ich nicht. Denn das Interessante entsteht aus dem Nachdenken über sich selbst, ebenso wie das Interessante in der Kunst immer den Künstler zeigt. Eine junge Dame, die durch Interessantsein gefallen möchte, gefällt zuerst nur sich selbst. Dieses missfällt und das hat die Ästhetik gegen alles Kokettieren einzuwenden. Mit dem uneigentlichen Kokettieren, da ist es etwas

anderes, wenn es aus der Natürlichkeit hervorgeht, wie bei der jungfräulichen Schüchternheit; sie ist die schönste Koketterie. Wohl gefällt manchmal ein interessantes junges Mädchen, aber ebenso wie sie ohne Weiblichkeit ist, sind die Männer, denen solches Mädchen gefällt, unmännlich. Für das Weib ist es viel wesentlicher, in seiner Jugend allein zu stehen, als für den Mann; es muss sich selbst genug sein können, wenn das auch nur eine Illusion ist. Die Natur hat durch diese Kraft die Frau wie eine Königstochter ausgestattet. Diese Ruhe der Illusion macht die Frau abgesondert. Oft habe ich darüber nachgedacht, für ein junges Mädchen giebt es nichts Verderblicheres, als den Umgang mit anderen jungen Mädchen. Der Grund ist wohl der, dass dieser Umgang nichts Ganzes ist. Die tiefste Bestimmung des Weibes ist, Gesellschafterin des Mannes zu sein; aber durch zu viel Verkehr mit dem eigenen Geschlecht kommt sie zu Gedanken, die sie statt zur Gesellschafterin zur Gesellschaftsdame machen. In dieser Beziehung ist der Ausdruck, den die Sprache anwendet, sehr bezeichnend. Der Mann heisst „Herr", aber das Weib wird nicht Dienerin oder etwas ähnliches genannt. Sie ist Gesellschaft und sonst nichts anderes. Nicht einmal Gesellschafterin. Sollte ich mir das Ideal einer Jungfrau vorstellen, so müsste sie immer in der Welt allein stehen, und so nur auf sich angewiesen sein, vor allem dürfte sie keine Freundinnen haben. Es gab zwar drei Grazien,

aber man stellt sich doch nie vor, dass sie miteinander sprachen. Sie bilden in schweigender Dreiheit eine schöne weibliche Einheit. Man möchte fast Käfige für Jungfrauen bauen wollen, wenn solcher Zwang nicht ebenso schädlich wäre. Ein junges Mädchen muss Freiheit, aber keine Gelegenheit zur Benutzung derselben bekommen. Dadurch wird sie schön und hütet sich, interessant zu werden. Jungen Mädchen, die viel mit anderen jungen Mädchen verkehren, giebt man vergeblich einen Braut- oder Jungfrauenschleier. Aber ein unschuldiges Mädchen scheint einem ohne Schleier in tiefster Bedeutung des Wortes immer verschleiert.
Streng erzogen ist sie, daher achte ich sehr ihre Eltern, wenn sie auch schon im Grab sind. Ich möchte ihre Tante dafür umarmen und ihr danken. Sie hat nicht die Freuden der Welt kennen gelernt und ist deshalb nicht blasiert. Stolz ist sie und fragt nicht darnach, was andere junge Mädchen neugierig macht, es muss so sein. Aus Schmuck und Toilette macht sie sich nichts, wie die anderen Mädchen. Sie ist etwas polemisch, das ist aber für eine junge Dame ein notwendiges Palliativ. Ihre Welt ist die Phantasie. In verkehrten Händen würde sie ganz unweiblich, gerade weil sie so echt weiblich ist.

30. Mai. Unsere Wege kreuzen sich überall. Dreimal bin ich ihr heute begegnet. Ihre kleinsten Ausflüge bleiben mir nicht verborgen. Aber ich ziehe

keinen Nutzen daraus, um mit ihr zusammenzukommen. Ich gehe sehr verschwenderisch mit der Zeit um. Mehrere Stunden habe ich oft gewartet, um ihre peripherische Existenz zu tangieren. Weiss ich, dass sie zu Frau Jansen geht, so mag ich sie nicht gern treffen, wenn ich nicht gerade eine besonders wichtige Beobachtung zu machen habe. Ich gehe lieber etwas früher zu Frau Jansen, und begegne ihr in der Thür, oder an der Treppe, so dass sie ankommt und ich fortgehe und dann gleichgültig an ihr vorübergehe. Damit muss sie gefangen werden, das ist das erste Netz. Ich rede sie auch nicht auf der Strasse an, wechsele nur einen Gruss mit ihr, nähere mich aber niemals. Wahrscheinlich sind ihr unsere häufigen Begegnungen auffallend. Sie fängt an, den neuen Stern zu bemerken, der sich am Horizont gezeigt hat und in die Bahn ihres Lebenslaufes störend eingreift, aber keine Ahnung hat sie vom Gesetz seiner Bewegung. Oft ist sie jetzt versucht, sich nach der Seite umzusehen, um den Punkt zu suchen, auf den der neue Stern hinzielt, denn dass sie selbst das Ziel ist, weiss sie am wenigsten. Es geht ihr, wie es gewöhnlich meiner Umgebung geht, sie glauben, ich habe eine Menge Geschäfte, ich bin immer in Bewegung und ich sage wie Figaro, eins, zwei, drei, vier Intriguen auf einmal, das sei mein Geschmack. Ehe ich meinen Angriff beginne, muss ich ihren Charakter ganz kennen lernen. Meistens geniesst man junge Mädchen wie ein

Glas Champagner in dem Augenblick, wo er schäumt. Das ist wohl ganz annehmlich und bei vielen jungen Mädchen ist das das Höchste, was man dabei erhält, aber in meinem Fall giebt es mehr zu holen. Nein, erst muss man ein Mädchen dazu bringen, dass sie nur eine Aufgabe kennt, sich dem Geliebten voll hingeben zu wollen, dass sie in höchster Seligkeit darum betteln möchte, dann erst bietet sie den echten Genuss; dies erreicht man nur durch den seelischen Eindruck.

Cordelia! Welch ein herrlicher Name. Zu Hause sitze ich und übe den Namen wie ein Papagei, ich sage: Cordelia, o Cordelia, meine Cordelia, Du meine Cordelia. Wirklich, ich kann mir nicht helfen, ich lächle schon im voraus bei dem Gedanken, mit welcher Routine ich den Namen im entscheidenden Augenblick aussprechen werde. Vorstudien muss man immer machen, alles muss geordnet sein. Kein Wunder, die Dichter schildern immer den Augenblick, in welchem die Liebenden durch das Hinuntertauchen in das Meer der Liebe den alten Menschen ablegen, und nach dieser Taufe emporsteigen und sich erst wirklich ganz und stark als alte Bekannte ansehen, trotzdem sie doch erst einen Augenblick alt sind. Dies ist der schönste Lebensaugenblick für ein junges Mädchen. Und um diesen Augenblick recht geniessen zu können, muss man immer möglichst darüber stehen, so dass man nicht nur Täufling, sondern auch Priester ist. Ein bischen

Ironie macht den zweiten dieser Augenblicke zu einem der interessantesten, das ist eine geistige Entblösung. Man muss poetisch genug sein, um den Akt nicht zu stören und doch muss der Schelm immer auf der Lauer sein.

2. Juni. Stolz ist sie, ich habe es lange bemerkt. Ist sie mit den drei Jansen zusammen, so spricht sie sehr wenig, offenbar ist ihr das Geplauder derselben langweilig, sie deutet das mit einem gewissen Lächeln um den Mund an. Und ich baue auf dieses Lächeln. Sie kann manchmal — zum Erstaunen der Jansen — knabenhaft wild sein. Mir ist das, wenn ich dabei an ihr Kindheitsleben denke, nicht unbegreiflich. Ihr einziger Bruder war nur ein Jahr älter. Sie ist bei Vater und Bruder nur Zeuge ernster Begebenheiten gewesen, das Gänsegeschnatter gefällt ihr deshalb nicht. Ihr Vater und ihre Mutter lebten nicht glücklich, was sonst einem jungen Mädchen gelächelt, lächelte ihr nicht. Vielleicht weiss sie gar nicht, was ein junges Mädchen ist. Es kann sein, sie wünscht manchmal sogar, ein Mann zu sein.

Phantasie hat sie, Seele und Leidenschaft, kurz alle Substantialitäten, aber nicht subjektiv reflektierte. Ein Zufall überzeugte mich heute davon. Sie spielt kein Instrument, sagte mir die Firma Jansen, das ginge gegen die Grundsätze der Tante. Ich habe das immer beklagt, denn Musik ist ein so gutes

Mittel, um mit einem jungen Mädchen in Verkehr zu kommen. Heute ging ich hinauf zur Frau Jansen, hatte die Thür, ohne anzuklopfen, halb geöffnet, das ist nämlich eine Unverschämtheit von mir, die mir schon manchen guten Dienst geleistet hat, und die ich, wenn es notwendig ist, durch eine Absurdität zu verbergen suche. Sie sass am Klavier allein und spielte eine schwedische Melodie mit einem Gesicht, als ob sie stehle. Sie spielte nicht zu Ende und wurde ungeduldig, dann aber kamen wieder weichere Töne. Es war ab und zu eine Leidenschaft in ihrem Spiel, die an Jungfrau Mittelil erinnerte, der, wenn sie die goldene Harfe spielte, die Milch aus den Brüsten sprang. Ich schloss die Thür und horchte draussen.

Ich hätte hineinstürzen und diesen Augenblick ergreifen können, doch es wäre thöricht gewesen. Erinnerung giebt ein gutes Konversationsmittel, und auch was von ihr durchdrungen wird, wirkt doppelt.

— Oft findet man in Büchern eine kleine Blume. Es war ein schöner Augenblick, der die kleine Blume in das Buch legte, aber die Erinnerung ist noch schöner.. Sie will wahrscheinlich nicht, dass man weiss, dass sie spielen kann, oder sie spielt vielleicht nur diese kleine schwedische Melodie, — die ein besonderes Interesse für sie hat. Ich weiss das alles nicht. Gerade deshalb ist diese Begebenheit besonders wichtig, spreche ich einmal vertraulicher mit ihr, dann wird das Gift schon sein Werk thun.

3. Juni. Sie ist mir noch ein Rätsel, darum verhalte ich mich so ruhig, — wie im Feld ein Soldat, der sich auf die Erde wirft und auf das fernste Geräusch des anrückenden Feindes lauscht. Eigentlich existiere ich gar nicht für sie, nicht weil ein negatives Verhältnis zwischen uns besteht, sondern weil wir in gar keinem Verhältnis zu einander stehen. Ich habe noch kein Experiment gewagt. — Wie es im Roman heisst — sie sehen und lieben, war eins. Das wäre dann wahr, wenn die Liebe keine Dialektik hätte. In den Romanen erfährt man von wirklicher Liebesglut nur Lügen und Lügen, die nur unterhalten wollen.

Wenn ich an den Eindruck zurückdenke von dem, was ich bis jetzt gesehen und gehört habe, an den Eindruck, den ihr erstes Begegnen auf mich machte, so ist meine Vorstellung von ihr wohl modificiert, sowohl zu ihrem wie zu meinem Vorteil. Es ist nichts alltägliches, dass ein junges Mädchen so ganz allein geht, oder dass ein junges Mädchen so in sich selbst versunken ist. Geprüft von meiner strengsten Kritik, fand ich sie: reizend. Doch das war ein sehr flüchtiger Augenblick, wie der Tag, der vergangen ist, verschwindet er. In den Umgebungen, in denen sie lebte, hatte ich sie mir noch nicht vorgestellt und auch nie gedacht, dass sie mit den Lebensstürmen so unreflektiert vertraut war.

Wissen möchte ich doch, wie es mit ihren Gefühlen steht. Sie ist gewiss noch niemals verliebt gewesen, dazu ist ihr Geist zu hochfahrend, sie gehört am allerwenigsten zu jenen theoretisch hochfahrenden Jungfrauen, die sich schon lange vor der Zeit an den Gedanken gewöhnt haben, in den Armen eines geliebten Mannes zu ruhen. Die Menschen, die sie getroffen hat, konnten sie bis jetzt noch nicht in Unklarheit über Traum und Wirklichkeit bringen. Ihre Seele wird noch von dem göttlichen Ambrosia der Ideale genährt. Das Ideal aber, das ihr vorschwebt, ist nicht gerade eine Schäferin oder eine Romanheldin, sondern eine Jungfrau von Orleans oder etwas ähnliches.

Immer bleibt mir die Frage, ist ihre Weiblichkeit schon so stark, dass sie sich reflektieren lässt, oder will sie nur als Schönheit und Anmut genossen werden? Mit anderen Worten, darf man den Bogen straffer spannen? Ein Grosses ist es schon allein, wenn man eine reine unmittelbare Weiblichkeit findet, aber darf man Abänderungen riskieren, so hat man das Interessante. Man schafft ihr in solchem Fall am besten einen guten Freier in das Haus. Es ist ein Aberglaube, wenn man meint, so etwas schade einem jungen Mädchen. Sie ist eine sehr feine und zarte Pflanze, deren Leben nur den Reiz als Glanzpunkt hat, es ist das beste, sie hört nie etwas von der Liebe, ich würde mich keinen Augenblick bedenken, ihr einen Freier zu verschaffen, wenn sie noch keinen hat. Es wäre aber nichts erreicht, wenn der Freier eine Karrikatur wäre.

Ein junger, respektabler Mann muss er sein, wenn möglich liebenswürdiger Natur, aber weniger muss er sein, als ihre Leidenschaft fordert. Dann behält sie Überblick über ihn, beginnt die Liebe zu verachten, ja zweifelt gar am Dasein der Liebe, da ihr ein Ideal vor Augen schwebt und das wirkliche Leben das nicht bietet. „Heisst das lieben," — sagt sie — „dann ist nichts Grosses an der Liebe." Dann wird sie stolz in ihrer Liebe und der Stolz macht sie interessant; zugleich aber ist sie ihrem Sturz näher als jemals, und das macht sie auch interessanter, es durchstrahlt ihr Wesen mit einem höheren Inkarnat. Es ist das Richtigste, ich verschaffe mir erst Zugang zu ihrem Bekanntenkreis. Vielleicht giebt es darunter einen ähnlichen Liebhaber. Zu Hause hat sie keine Gelegenheit, denn es kommt fast niemand, aber da sie doch auch ausgeht, lässt sich vielleicht eine Gelegenheit schaffen. Ich will ihn jetzt suchen, den Liebhaber... Ein feuriger Held darf er nicht sein. Er darf nicht das Haus stürmen wollen. Er muss wie ein Dieb sich in das klösterliche Haus einzuschleichen verstehen.

Daher ist das strategische Prinzip, das Gesetz aller Bewegung in diesem Feldzug, sie immer in einer interessanten Situation zu berühren. Das Interessante ist das Gebiet, auf welchem Krieg geführt werden soll, die Potenz des Interessanten muss erschöpft werden. Irre ich nicht, so ist auch ihre ganze Konstitution darauf berechnet, so dass, was ich verlange,

gerade dasjenige ist, was sie giebt, und was sie verlangt. Erlauschen muss man, was der Einzelne geben kann, und was er aus demselben Grunde verlangt. Meine Liebesgeschichten haben darum immer eine Realität für mich selbst, sie machen einen Lebensmoment aus, eine Bildungsperiode, die ich genau festgestellt habe, und diese oder jene Fertigkeit, die ich dabei gelernt habe, knüpft sich daran. Um meiner ersten Liebe willen lernte ich tanzen. Die Veranlassung, dass ich französisch lernte, war eine kleine Tänzerin. Wie alle Thoren trug ich mich damals zu Markt und wurde dafür oft angeführt. Jetzt verlange ich und mache meine Ansprüche.
Vielleicht hat sie jetzt genug von der einen interessanten Seite ihres Lebens, mir scheint, ihr zurückgezogenes Leben deutet darauf hin.
Also müssen wir eine andere aufsuchen, etwas, das beim ersten Anschauen gar nicht interessant auszusehen braucht, aber gerade daher es werden kann. Ich wähle dazu nichts Poetisches, sondern etwas Prosaisches. Damit fangen wir an. Ihre Weiblichkeit wird zuerst durch prosaische Verständlichkeit und Spott neutralisiert, aber nicht direkt, sondern indirekt, besonders durch das absolut Neutrale durch den Geist. So verliert sie fast ihre Weiblichkeit vor sich selber; dieser Zustand ist aber unhaltbar für sie, sie wirft sich mir in die Arme, nicht mir als Geliebter, nein, noch ganz neutral. Die Weiblichkeit erwacht wieder, wird bis zur höchsten

Elastizität gesteigert, man macht, dass sie gegen diese oder jene Autorität einen Verstoss begeht, dadurch erreicht ihre Weiblichkeit eine fast übernatürliche Höhe, und mir gehört sie, mir mit glühender Leidenschaft.

5. Juni. In der That, ich brauchte nicht weit zu gehen. Sie hat Verkehr mit dem Haus des Grossisten Baseter. Nicht nur sie fand ich hier, sondern auch einen anderen Menschen, wie gerufen kam der mir. Eduard, der Sohn des Hauses, ist sterblich in sie verliebt, man braucht nur ein halbes Auge zu haben, um es zu sehen. Er ist im Kontor seines Vaters, ein hübscher, angenehmer Mensch, etwas schüchtern, doch schadet ihm letzteres in ihren Augen offenbar nicht.
Armer Eduard, wie er es mit seiner Liebe anfangen soll, weiss er gar nicht. Ist sie einmal abends da, macht er allein nur wegen ihr Toilette, hat seinen neuen schwarzen Anzug an, nur wegen ihr, blendende Manschetten, alles wegen ihr, das macht in der übrigen alltäglichen Gesellschaft, die nur im Wohnzimmer zusammenkommt, einen fast lächerlichen Aufzug. Unglaublich verlegen ist er dabei. Wenn das eine Marke wäre, könnte Eduard mir ein gefährlicher Nebenbuhler werden. Denn man muss ein Künstler darin sein, die Verlegenheit sich dienstbar zu machen, man erreicht durch Verlegenheit sehr viel. Ich habe oft dadurch kleine Damen ge-

narrt. Im grossen und ganzen reden junge Mädchen immer sehr abfällig von verlegenen Männern, aber im geheimen lieben sie dieselben. Etwas Verlegenheit schmeichelt dem Selbstgefühl junger Damen, es giebt ihr Überlegenheit, — und das ist eine Art Anzahlung. Hat man sie so in den Schlaf gewiegt, so zeigt man bei einer Gelegenheit gerade, wo sie meint, man stürbe vor Verlegenheit, dass man gar nicht daran denkt, sondern sehr wohl seinen Weg findet. Man verliert durch Verlegenheit seine männliche Bedeutung, dieselbe ist ein ausgezeichnetes Mittel, das Unterschiedsverhältnis der Geschlechter zu neutralisieren. Aber merken sie, dass es bloss Maske war, dann erröten sie vor sich selber, sie fühlen gut, sie haben ihre Grenze überschritten. Dann ist es ihnen ungefähr, als wenn man einen Knaben zu lang als Kind behandelt hat.

7. Juni. Sind Eduard und ich Freunde? Ja, es ist eine wahre Freundschaft zwischen uns, ein schönes Verhältnis, seit den besten Tagen Griechenlands hat es nicht so bestanden. Vertraut wurden wir, und es bedurfte nicht vieler Umstände, er gestand mir sein Geheimnis. Es ist so selbstverständlich, dass einem im Augenblick des Vertrautwerdens die grössten Geheimnisse entschlüpfen. Armer Kerl, er hatte schon so lang geschmachtet. Immer wenn sie kommt, macht er Toilette, begleitet sie abends nach Hause, sein Herz klopft beim Gedanken, dass ihr Arm auf

seinem liegen wird. Sie gehen zusammen, sehen zu den Sternen hinauf, er klingelt an ihrer Hausthüre, sie verschwindet, er verzweifelt, — aber hofft auf bessere Zeiten. Niemals noch hat er den Mut gefunden, sie in ihrem Haus zu besuchen, und die Gelegenheit ist doch so günstig als möglich. Zwar lache ich bei mir über Eduard, aber in seiner kindlichen Art ist etwas Schönes. Die erotischen Stadien kenne ich alle ziemlich genau, aber ich habe noch nie an mir selbst solch zitternde Angst eines liebenden Herzens beobachtet, ich meine so, dass sie mir alle Fassung raubt, sie ist mir sonst nicht unbekannt, mich macht die Angst stark. Vielleicht bin ich noch nie recht verliebt gewesen? Das wird es sein. Ich habe Eduard gescholten, sagte ihm, verlasse Dich auf meine Freundschaft. Er soll morgen einen entscheidenden Schritt zu ihr thun, zu ihr persönlich gehen und sie einladen. Ich soll ihn begleiten, bat er mich; ich selbst habe ihn auf diese verzweifelte Idee gebracht und bin bereit, seinen Wunsch zu erfüllen. Darin sieht er einen ausserordentlichen Freundschaftsbeweis. Wie ich sie wünschte, so ist jetzt die Gelegenheit, nämlich mit der Thür ins Haus zu fallen. Sollte sie den geringsten Zweifel über die Bedeutung meines Auftretens haben, so will ich sie mit meinem Benehmen wieder ganz verwirren.

Auf eine Konversation brauchte ich mich früher nie vorzubereiten, jetzt ist es meine Schuldigkeit,

die Tante zu unterhalten. Ich versprach es Eduard, um dadurch seine verliebten Gesten gegen Cordelia zu decken. Die Tante hielt sich früher auf dem Lande auf.
Ich mache bedeutende Fortschritte in der Ökonomie dadurch, dass ich ein sorgfältiges Studium landwirtschaftlicher Schriften vornehme und durch die Mitteilungen der Tante.
Ich mache vollkommen mein Glück bei der Tante, sie fühlt mich als einen reifen, ordentlichen Mann, mit dem man sich gern einlassen kann, der nichts mit den alltäglichen Gecken gemein hat. Bei Cordelia stehe ich nicht besonders gut. Sie verlangt natürlich nicht, dass jeder Mann ihr den Hof macht, dazu ist sie eine zu reine und unschuldige Weiblichkeit, aber sie fühlt meine Existenz beinahe empörend.
Sitzen wir in dem behaglichen Zimmer und sie übt ihren Zauber aus, über alle und alles, was mit ihr in Berührung kommt, da werde ich bei mir selbst ungeduldig und möchte aus meiner Höhle vorstürzen. Vor aller Augen sitze ich auf einem Sessel, aber ich liege doch eigentlich in einer Höhle auf der Lauer. Ich möchte ihre Hand fassen und das liebe Geschöpf fest in meinen Arm nehmen, damit keiner sie mir nimmt. Oder am Abend, wenn Eduard und ich fortgehen und sie mir ihre Hand zum Abschied reicht und ich dieselbe halte, dann möchte ich sie nicht mehr loslassen. Geduld — quod antea fuit impetus, nunc ratio est — sie muss noch ganz

anders ins Netz laufen — und dann plötzlich breche ich mit der vollen Macht meiner Liebe hervor. Wir haben uns diesen Augenblick nicht durch Naschhaftigkeit, durch Antizipationen verdorben, mir verdankt das dann Cordelia! Ich arbeite, um Gegensätze zu schaffen. Ich spanne die Sehne wie ein Bogenschütze bald straffer, bald schlaffer, aber lege den Pfeil noch nicht auf die Sehne.

Kommen einige Personen in demselben Zimmer oft miteinander in Berührung, so entwickelt sich leicht eine Tradition und jeder nimmt seinen bestimmten Platz ein. Das Ganze wird eine Terrainkarte, die man, so oft man will, aufrollen kann. Im Wahlschen Hause ist es so. Wir trinken abends Thee. Nachher setzt sich die Tante an den kleinen Nähtisch. Eduard will leise und geheimnisvoll flüstern, und das macht er gewöhnlich so gut, dass er ganz stumm wird. Vor der Tante habe ich keine Geheimnisse, rede über Marktpreise, rechne, die Liter Milch aus, die zum Pfund Butter nötig sind, durch das Medium der Sahne, und die Dialektik des Butterns — nicht nur kann das ein junges Mädchen ohne Schaden hören, sondern Kopf und Herz werden durch diese erhebende Konversation in gleichem Masse veredelt. Dem Theetisch, Eduards und Cordelias Schwärmerei den Rücken wendend, schwärme ich mit der Tante. Ist die Natur nicht gross und weise in ihrer Produktivität, welche Wundergabe ist doch die Butter, welch ein prächtiges Resultat von Natur und Kunst.

Dabei hört die Tante nicht, was Eduard und Cordelia miteinander sprechen, vorausgesetzt, sie reden überhaupt, dagegen ich kann jedes gewechselte Wort, jede noch so unbedeutende Bewegung hören. Es ist wichtig für mich, man weiss ja nicht, ob ein Verzweifelter nicht auch mal etwas Verzweifeltes wagt. Die vorsichtigsten und scheusten Menschen wagen zuweilen die verzweifeltsten Sachen. Obwohl ich nicht im mindesten mit diesen zwei einsamen Menschen zu thun habe, so kenne ich doch so weit Cordelia, um zu wissen, dass ich immer zwischen ihnen unsichtbar stehe.
Wir Vier bilden doch ein eigentümliches Bild zusammen. Eine Analogie würde ich finden, wenn ich Mephistopheles vorstellen wollte. Nur ist Eduard kein Faust. Bin ich aber Faust, so wäre Eduard Mephisto und dazu passt er gar nicht. Aber ein Mephistopheles bin ich nicht, in Eduards Augen am wenigsten. Ich bin für ihn der gute Genius seiner Liebe, sehr wohl thut er daran, er kann sicher sein, keiner wacht so über seiner Liebe wie ich. Versprochen habe ich ihm, die Tante zu unterhalten, ich erfülle diese ehrenvolle Aufgabe ganz ernst, und diese verschwindet auch beinahe in lauter Ökonomie vor unseren Augen; in Küche und Keller gehen wir, auf den Boden, sehen nach Hühnern und Enten, nach kleinen Gänsen u. s. w. Alles das ärgert Cordelia, denn sie kann nicht begreifen, was ich damit bezwecke. Ein Rätsel bin ich ihr, aber eines, das

sie gar nicht raten mag, sie wird davon erbittert und indigniert. Wohl fühlt sie, dass die Tante, die eine so ehrwürdige Dame ist, fast lächerlich wird. Dabei ordne ich aber meine Karten so gut, dass sie fühlt, es ist unmöglich, mir hineinzuschauen oder entgegenzuarbeiten, und zuweilen treibe ich das Spiel so weit, dass ich Cordelia dahin bringe, heimlich über die Tante zu lächeln. Solche Etüden müssen gemacht werden. Ich lächele niemals mit Cordelia zusammen, da würde sie nie über die Tante lachen, ich bleibe ernst, nur sie ist gezwungen, zu lächeln. Dies ist die erste falsche Weisheit: Es muss ihr gelehrt werden, ironisch zu lächeln. Doch mich trifft das Lächeln fast ebenso wie die Tante. Sie weiss gar nicht, was soll sie von mir denken. Es kann ja sein, ich bin ein junger zu früh alt gewordener Mann, oder — — oder. — —. Hat sie dann über die Tante gelacht, so wird sie über sich selbst böse, ich wende mich um, spreche mit der Tante weiter, sehe sie ganz ernsthaft an, und sie lächelt über mich und die Situation. Unser Verhältnis basiert nicht auf empfindungsvollen und kostbaren Umarmungen des Verständnisses, es ist keine Attraktion des Einverständnisses, sondern eine Repulsion des Missverständnisses. Mein Verhältnis zu ihr ist im Grunde keines. Es ist ein absolut geistiges Verständnis für ein junges Mädchen natürlich gleichbedeutend mit „nichts". Doch hat die Methode, die ich jetzt anwende, ihre ausserordent-

lichen Vorteile. Ein Mensch, der als Kavalier auftritt, weckt Verdacht und ruft einen Widerstand hervor. Von allen solchen Sachen bin ich befreit. Man misstraut mir nicht, im Gegenteil, man möchte einen ehrenvollen jungen Mann in mir sehen, der geeignet ist, ein junges Mädchen zu bewachen. Die Methode hat nur einen Fehler und das ist ihre Langweiligkeit, darum kann sie auch nur bei Individuen angewendet werden, bei denen etwas Interessantes zu finden ist.
Ein junges Mädchen, welch verjüngende Macht sie besitzt. Frische Morgenluft, Winde und Wogen des Meeres, der feurige Wein, nichts — nichts hat in der Welt diese jüngende Macht.
Sie wird mich bald hassen. Ich mache mich ganz zum Hagestolzen. Sage, mein höchster Wunsch ist, immer gemütlich zu sitzen, bequem zu liegen, einen Diener zu haben, auf den ich mich verlassen kann, einen Freund, auf den man sich verlassen kann, mit dem man Arm in Arm geht, kann ich nun die Tante dazu bringen, ihre Landwirtschaftsideen aufzugeben, so bringe ich sie auf dasselbe Gebiet. Das stachelt die Ironie an. Über Hagestolzen kann man lachen, man darf sie sogar bemitleiden, und zugleich empört ein junger Mensch, der nicht geistlos ist, ein junges Mädchen durch solches Benehmen. Denn die volle Bedeutung und die Poesie ihres Geschlechts wird dadurch zerstört.
So vergehen die Tage, ich sehe sie, ohne sie zu

sprechen, ich spreche in ihrer Gegenwart mit der Tante. Nur in der Nacht manchmal, da muss ich meiner Liebe Luft schaffen. Dann in einen Mantel gehüllt, den Hut tief über die Augen gedrückt, gehe ich zu dem Hause, wo sie wohnt. Ihr Schlafzimmer geht nach dem Hof hin, da es aber in einem Eckhaus ist, kann man es von der Strasse sehen. Sie steht oft einen Augenblick an dem Fenster, oder sie öffnet es und betrachtet die Sterne. Ich gehe wie ein Geist in diesen nächtlichen Stunden um; wie ein Geist bewohne ich den Platz, an dem ihr Haus liegt. Sie steht oben, unbeachtet von allen, nur nicht von dem, von dem sie sich am wenigsten beobachtet glaubt. Ich aber unten vergesse alles, habe keine Pläne, keine Berechnung mehr, werfe den Verstand über Bord, und meine Brust weitet sich und stärkt sich, durch tiefe Seufzer, eine Motion, die ich nicht missen kann, weil ich unter dem Schema meines ganzen Lebens zu sehr leide. Andere sind Tugendhelden am Tag und Sünder bei der Nacht, ich bin Heuchler am Tag und Sehnsüchtiger nachts. Könnte sie mich hier sehen und in meine Seele hineinschauen — ja wenn! Dies Mädchen, wenn es sich selber verstünde, müsste einsehen, er ist der rechte Mann für mich. Sie ist zu heftig, zu leicht erregt, um eine glückliche Ehe zu bekommen. Sie darf nicht durch einen gewöhnlichen Verführer fallen, fällt sie durch mich, so rettet sie aus der Niederlage das Interessante.

Sie muss im Verhältnis zu mir, wie das Wortspiel der Philosophen sagt, „zu Grunde gehen".

Eigentlich mag sie nicht zuhören, wenn Eduard spricht. Wie es immer geht, sind die Grenzen eng gezogen, so entdeckt man mehr und mehr Interessantes, sie hört zuweilen meinen Gesprächen mit der Tante zu. Ich mache dann gern eine am Horizont aufzuckende Andeutung, wie aus einer ganz fremden Welt, die Tante sowohl wie Cordelia sind dann erstaunt. Den Blitz sieht die Tante, hört aber nichts, die Stimme hört Cordelia, sieht aber nichts. Gleich darauf ist alles wieder in Ordnung, die Unterhaltung fliesst zwischen der Tante und mir weiter, einförmig und nur von dem Summen der Theemaschine begleitet. Ungemütlich können solche Augenblicke sein, besonders für Cordelia. Niemand hat sie, mit dem sie sprechen kann. Würde sie sich an Eduard wenden, könnte es sein, dass er aus Verlegenheit Dummheiten machte, sieht sie sich nach der Tante und mir um, so fällt ihr ein unangenehmer Gegensatz auf, da bei uns Sicherheit herrscht und der monotone Hammerschlag unserer ruhigen Konversation gegen Eduards Unsicherheit absticht. Denken kann ich es mir, in Cordelias Augen muss die Tante wie verhext sein, so bewegt sie sich gleichmässig im Tempo mit meinem Takt. Aber an unserer Unterhaltung kann sie auch nicht teilnehmen, wie ein Kind behandle ich sie dabei, nicht um mir aus diesem Grund eine Freiheit gegen

sie zu erlauben, eher das Gegenteil. Ich weiss wie
schädlich so etwas wirkt, und das Wichtigste ist
hier, dass ihre Weiblichkeit sich rein und schön
erhebt. Bei meinem intimen Verhältnis zur Tante
ist es mir leicht, sie als ein Kind zu behandeln,
das noch nichts von der Welt weiss. Ihre Weiblichkeit wird dadurch nicht verletzt, nur neutralisiert. Es kann sie nicht beleidigen, wenn ich an-
nehme, dass sie Marktpreise nicht kennt, empört
wird sie aber, dass Derartiges das Höchste im Leben
sein soll. Die Tante aber, imponiert von meinem
kräftigen Verstand, überbietet sich fast selbst und
ist ganz fanatisch geworden. Dass ich nichts bin,
das ist das Einzige, darein kann sie sich nicht finden. So oft jetzt von einem vakanten Amt die Rede
ist, mache ich darum die Bemerkung, „das wäre etwas für mich". Und ich spreche dann sehr ernsthaft
mit ihr darüber. Natürlich merkt Cordelia die Ironie,
und das ist es, das will ich.
Armer Eduard! Schade, dass er nicht Fritz heisst.
So oft ich über sein Verhältnis zu mir nachdenke,
fällt mir Fritz in der „Braut", Theaterstück von
Scribe, ein. Eduard ist, wie sein Vorbild, Korporal
bei der Bürgergarde. Soll ich ehrlich sein, so muss
ich gestehen, Eduard ist auch ziemlich langweilig. Er
fasst die Sache nicht richtig an. Er kommt immer
so geschniegelt und stramm an, unter uns gesagt, ich
komme aus Freundschaft für ihn immer fast nach-
lässig in die Gesellschaft. Armer Eduard, das einzige,

was mir wehthut, ist, dass er mir so unendlich zugethan ist, dass er fast nicht weiss, wie er mir danken soll. Mir dafür zu danken, ist wirklich zu viel.

Könnt ihr endlich nicht ruhig werden? Den ganzen Morgen habt ihr nichts anderes gethan, als an meiner Markise gerissen, mit meinem Reflektionsspiegel und der Schnur daran gespielt, und euch bemerkbar gemacht auf die unmöglichste Weise, als wolltet ihr mich zu euch hinausholen. Das Wetter ist schön, aber lasst mich sein, ich bleibe zu Hause ... Ihr übermütigen, ausgelassenen Zephirwinde, ihr flotten Burschen, könnt ihr nicht allein gehen und euch wie immer mit den jungen Mädchen unterhalten. Jawohl, ich weiss es, ein Mädchen verführerisch zu umarmen, das versteht keiner so wie ihr, entfliehen kann sie euch nicht — und will es auch nicht, denn ihr erhitzt die innere Glut nicht, ihr kühlt .... Meint ihr, davon hättet ihr kein Vergnügen, ihr meint, ihr thätet es nicht um euretwillen, ... nun also, ich gehe mit; aber unter zwei Bedingungen nur. Erstens, auf dem Kongens Nytorp wohnt ein junges Mädchen, das mich nicht lieben will, und das Schlimmste ist, sie mag einen andern, und sie sind schon so weit, dass beide Arm in Arm spazieren gehen. Heute will er sie um 1 Uhr abholen. Versprecht mir, die stärksten Bläser unter euch sollen sich in der Nähe verstecken, bis beide aus der Hausthüre auf die

Strasse kommen. Sowie er in die Königstrasse einbiegt, stürzt eine Abteilung von euch hervor, nimmt ihm den Hut vom Kopf, möglichst höflich, und macht, dass er in einiger Entfernung auf den Boden fällt, zu weit aber nicht, denn sonst könnte er wieder nach Hause gehen. Er darf ihren Arm nicht fahren lassen und muss immer meinen, den Hut im nächsten Augenblick zu bekommen. Führt ihn so, ihn und sie durch die grosse Königstrasse bis zum Hoibroplatz. . . . Wie lange kann das dauern? Eine halbe Stunde, denke ich. Eh bien, punkt $1/_2 1$ Uhr komme ich von der Osterstrasse. Hat nun jenes Detachement die Liebenden mitten auf den Platz geführt, dann macht ihr einen gewaltsamen Angriff auf dieselben. Ihr reisst auch ihr den Hut ab, zerzaust ihr die Haare und entführt ihr den Shawl, und dabei fliegt der Hut jubelnd höher und höher, kurz, macht eine Konfusion, dass nicht ich allein, sondern dass das ganze verehrte Publikum in schallendes Gelächter ausbricht, die Hunde müssen anfangen zu bellen, auf dem Thurm wird vom Wächter die Sturmglocke geläutet u. s. w. Richtet es so ein, der Hut muss zu mir hinfliegen, ich will der Glückliche sein, der ihn überreichen darf. Das erstens, nun noch zweitens. Die Abteilung des Detachements, die mir folgt, hört auf meinen leisesten Wink, hält sich in den Grenzen des Anstandes, insultiert kein junges Mädchen, bedient sich keiner weiteren Freiheiten, nur dass die kindliche Seele

an dem Scherz ihre Freude hat, der Mund dabei lächelt, das Auge muss seine Ruhe bewahren können, und das Herz ohne Angst bleiben. Keiner von euch wage anders aufzutreten, sein Name soll sonst verflucht sein. Und jetzt, angefangen, hinein in das Leben voll Freude, Jugend und Schönheit. Ihr sollt mir jetzt zeigen, was ich schon oft gesehen habe, was mich nie müde macht, immer will ich es wiedersehen, zeigt mir ein schönes, junges Mädchen in enthüllter Schönheit, dass sie ohne Hülle schöner wird, und examinieren sollt ihr sie, so dass ihr das Examen Freude macht! — Jetzt gehe ich die Breitestrasse, aber wie ihr wisst, über meine Zeit kann ich nur bis $^{1}/_{2}2$ Uhr verfügen. — —
Ein junges Mädchen kommt dort, prall und geputzt, da Sonntag ist..... Kühlt ihr ein wenig das Blut, gleitet leicht über sie hin, mit unschuldiger Berührung müsst ihr sie umarmen. Die Wangen werden rot, die Lippen bekommen stärkere Farbe, der Busen hebt sich, ... nicht wahr, schönes Mädchen, unbeschreiblich ist es, ein seliger Genuss ist es, diese frische Luft einzuatmen. Der kleine Mantel von ihr bewegt sich wie ein Blatt, wie sie frisch und stark den Atem einzieht. Jetzt geht sie langsamer, wie von den leisen Lüften getragen, wie eine Wolke, wie ein Traumbild, ... Blast etwas stärker, in andauernden Zügen! .... Sie sammelt sich, legt die Arme fester an die Brust, sie hüllt sich behutsam ein, damit ihr nicht zu nahe kommt....

Ja, der Mensch wird von der Anfechtung schöner. In den Zephyr müsste sich jedes Mädchen verlieben. Wie er kann kein Mann, der mit ihr kämpft, die Schönheit erhöhen. . . . Ihr Körper neigt sich ein wenig vor, beugt sich gegen die Fussspitze. . . . Hört ein wenig auf, ihre Figur verliert ihre Schlankheit, sie wird breit . . . . kühlt sie ein bischen! . . . . Nicht wahr, mein Mädchen, wenn man warm geworden ist, ist das erquickend, diese erfrischenden Lüfte um sich zu fühlen. Aus Dankbarkeit, aus reiner Freude am Leben, möchte man seine Arme ausbreiten, ... sie wendet sich auf die Seite . . . . rasch nun einen tüchtigen Stoss, dass ich die Schönheit ihrer Körperformen ahnen darf! . . . . Stärker etwas! Dass das Kleid sich enger um sie schmiegt! . . . . Nein, nicht so viel! . . . . Es wird unschön! Sie geht nicht mehr so unbefangen und leicht! Sie wendet sich wieder um! . . . . Blast . . . . genug, genug! Viel zu viel, eine Locke fliegt ihr schon über das Gesicht, ... wollt ihr aufhören! — — Ah, ein ganzes Regiment kommt:

> Die eine ist verliebt gar sehr;
> Die andre wünscht, dass sie es wär'.

Ja, ohne Zweifel, eine unangenehme Sache ist es im Leben, am linken Arm seines zukünftigen Schwagers zu gehen. Für ein Mädchen ist es ungefähr dasselbe, als was es für einen Mann ist, Kopist zu sein. . . . Aber der Kopist kann avancieren, er hat auch seinen Platz im Kontor, er ist beteiligt bei ausserordentlichen Angelegenheiten, und das ist nicht das Los der Schwägerin; aber im Gegensatz zum Kopisten ist ihr Avancement nicht so langsam, wenn sie avanciert und in ein anderes Kontor versetzt wird.... Hebt euch ein wenig, Zephyre! Wenn man einen festen Anhaltspunkt hat, dann kann man Widerstand leisten. Der Mittelpunkt steht kräftig da, nur Flügel können ihn fortbewegen. Er steht fest genug, ihm kann der Wind nichts anhaben, dazu ist er zu schwer — aber auch zu schwer, als dass der Wind ihn von der Erde wegheben könnte. Er drängt sich vor, um zu zeigen, dass er einen schweren Körper hat; aber je unbeweglicher er feststeht, desto mehr leiden die kleinen Mädchen darunter.... Meine schönen Damen, darf ich Ihnen nicht mit einem guten Rate helfen? Lassen Sie den künftigen Mann und Schwager aus dem Spiel, versuchen Sie allein zu gehen und Sie werden sehen, dass Sie viel mehr Vergnügen davon haben.... Weht jetzt ein wenig leiser!.... Wie sie sich in den Wellen des Windes tummeln, bald bewegen sie sich durcheiander zu beiden Seiten der Strasse, — kann Tanzmusik eine frischere Munterkeit hervorbringen? Und doch ermattet der Wind nicht, er stärkt — — bald jagen sie wie mit vollen Segeln die Strasse herunter — kann ein Walzer ein junges Mädchen verführerischer hinreissen, und doch ermüdet der Wind nicht, sondern er trägt... Jetzt drehen sie sich gegen den Mann und den

Schwager.... Nicht wahr, ein bischen Widerstand ist angenehm? Man kämpft gern, um zu besitzen was man liebt; und man erreicht das, wofür man kämpft, es verfügt darüber ein höheres Schicksal. Hab ich's nicht richtig gemacht? Wenn man selber den Wind im Rücken hat, so kann man leicht an dem Geliebten vorübergehen, aber hat man ihn konträr, so kommt man in eine angenehme Bewegung und fliegt dem Geliebten entgegen, und der Wind kommt einem erfrischender vor, aufreizender, verführerischer, er kühlt die Frucht der Lippen, die kalt genossen am besten ist, weil sie selbst so heiss ist, wie Champagner erhitzt, wenn er fast wie Eis ist. Wie sie lachen und schwatzen .... und der Wind trägt ihre Worte weg. Sie haben nichts, worüber sie sprechen können — und sie lachen wieder, beugen sich vor dem Wind, halten den Hut fest und gehen vorsichtiger.... Ruhig, ruhig ihr Winde, die jungen Mädchen werden sonst ungeduldig, zürnen und fürchten sich vor uns! — —
So ist's recht, energisch und kräftig, rechtes Bein vor das linke.... Sieht sie sich nicht keck und mutig in der Welt um!.... Sie hat einen unterm Arm, verlobt also! Mein Kind, zeig doch, was für ein Geschenk hat Dir des Lebens Weihnachtsbaum gebracht? Wirklich, o ja, mir scheint, es ist ein ganz solider Bräutigam. — Dies ist noch das erste Stadium der Verlobung, möglich, — sie liebt, aber ihre Liebe flattert noch weit und geräumig lose um

ihn, sie ist noch im Besitz des Liebesmantels, der viele verbergen kann. . . .

Blast etwas kräftiger! . . . . Ja, wenn man so schnell geht, dann ist es kein Wunder, dass die Hutbänder sich gegen den Wind sträuben, so dass es aussieht, als trügen sie wie Flügel ihre leichte Gestalt — und ihre Liebe, auch sie ist dabei; wie der Schleier einer Elfe spielt die Liebe mit dem Wind. Ja, so wenn sie Liebe sieht, sieht sie so üppig aus, wenn man sich aber darin einhüllen will, wenn die Schleier zu einem tagtäglichen Kleid umgenäht werden sollen, da bleibt nicht Platz für viel Ausputz. . . . O mein Gott, hat man Mut gehabt, einen entscheidenden Schritt für das Leben zu wagen, sollte man da nicht Courage haben, gerade gegen den Wind zu gehen. Wer zweifelt daran? Ich — nicht. Aber erhitzen Sie sich nicht, mein Fräuleinchen, erhitzen Sie sich nicht. Die Zeit ist ein strenger Zuchtmeister und der Wind ist auch zu etwas gut. . . . Neckt, neckt sie ein wenig. . . . Wo verschwand ihr Taschentuch? Ja, sie bekam es doch wieder. Da ging das eine Hutband los . . . es ist wirklich peinlich, dass der Zukünftige Zeuge ist. . . . Sieh da, eine Freundin kommt, die müssen sie grüssen. Sie begegnet ihr zum erstenmal nach ihrer Verlobung. . . . Sie gehen gewiss in die Breitestrasse, um sich als Verlobte zu zeigen und haben ausserdem die Absicht, auf die „Langelinie" zu fahren. So viel ich weiss, ist es Sitte, dass Eheleute am

ersten Sonntag nach der Hochzeit in die Kirche
gehen, die Verlobten dagegen auf die Langelinie.
Ja, eine Verlobung hat wirklich viel Ähnlichkeit
mit der Langenlinie. Aufpassen, der Wind wird
den Hut forttragen, festhalten, den Kopf etwas vor-
beugen.... Wirklich fatal, man konnte die Freundin nicht grüssen, konnte sie nicht mit überlegener
Miene grüssen, eine Braut nimmt immer Überlegenheit andern jungen Mädchen gegenüber an. Blast
nun etwas weniger.... Die schönen Tage kommen
jetzt.... wie fest sie sich an dem Geliebten hält,
sie sieht zu ihm hin, freut sich an ihm, und ist
selig in ihren Zukunftsgedanken.... O, mein Mädchen, mache nicht zu viel aus ihm.... Oder verdankt er es nicht zuerst mir und dem Wind, dass
er so kräftig aussieht? Und Du selber, hast es auch
mir und den linden Lüften zu danken, sie heilen
Dich jetzt, und Du vergisst alle Schmerzen.

> **Aber ich wünsch keinen Studenten mir,**
> **Der nachts nur lesen thut,**
> **Ich wünsch mir einen Offizier**
> **Mit Federn an dem Hut.**

Das kann man Dir sofort ansehen, mein Kind, Dein
Blick verrät das etwas, ... nein, Du sollst keinen
Studenten haben — — aber warum gerade einen
Offizier, sollte ein Kandidat, der mit seinen Studien
fertig ist, nicht dasselbe ausrichten können? ....
....In diesem Augenblick kann ich Dir weder mit
einem Offizier, noch mit einem Kandidaten dienen,

dagegen kann ich Dir mit einigen temperierten Abkühlungen dienen.... Wehet jetzt ein wenig.... Das war gut, wirf den seidenen Shawl über die Schulter zurück. Geh ein wenig langsamer, dann wird die Wange noch ein bischen bleicher und der Glanz der Augen nicht so heftig. — — So. Ja, ein wenig Bewegung, besonders bei einem so schönen Wetter wie heute, und ein bischen Geduld, und Sie bekommen bestimmt den Offizier. Dass Du so voll Leben, voll Sehnsucht, voll Ahnung bist!? — —
Es ist ein Paar, das für einander geboren ist. Wie sie fest und sicher auftreten, ganz einander vertrauend. Welche „harmonia prestabilita", wie Leibnitz sagt, und in allen Bewegungen. Leicht und graziös sind ihre Bewegungen nicht, sie tanzen nicht miteinander, ihre Lebensanschauung heisst: Das Leben ist eine Wanderschaft. In der That, sie scheinen prädestiniert zu sein, sie werden miteinander Arm in Arm durch des Lebens Leiden und Freuden wandern. So sehr harmonieren sie miteinander, dass die Dame sogar den Vorzug, auf dem Trottoir zu gehen, aufgegeben hat. ... Aber meine lieben Zephyrwinde, ihr seid so eifrig hinter dem Paar her. Wirklich, es scheint das nicht wert zu sein.... Halb Zwei ist es, zurück zum Hoibro-Platz.

Allmählich geh ich zum Angriff über, rücke ich immer näher, indem ich zu direkten Angriffen übergehe. Diese Veränderung kann ich auf folgende

Weise auf der Kriegskarte bei den Zusammenkünften bei der Tante bezeichnen. Meinen Stuhl habe ich so gestellt, so dass ich mich mehr an sie wenden kann. Ich gehe mehr auf sie ein, spreche sie an, zwinge sie zu antworten. Sie hat eine heftige leidenschaftliche Seele und am Aussergewöhnlichen Freude. Sie wird von meiner Ironie über die Welt, meiner Verachtung der Feigheit, und meinem Spott über die schläfrige Trägheit gefesselt. Sie möchte ganz gern am Himmel den Sonnenwagen lenken, der Erde näher kommen und die Menschen etwas rösten. Trotzdem hat sie kein rechtes Vertrauen zu mir, ich habe bisher jede Annäherung auf dem Gebiet des Geistes verhindert. Sie muss, ehe sie sich an mich anlehnen darf, erst stark in sich selbst werden. Für Augenblicke sieht es so aus, als wäre sie es, die sich zur Vertrauten in meiner Freimaurerei machen wollte, aber das ist nur für Augenblicke. Sie selbst muss sich entwickeln, sie muss die Spannkraft ihrer Seele fühlen, sie muss die Welt nehmen und tragen. Was für Fortschritte sie macht, das zeigt mir ihr Blick und ihr Auge. Einmal habe ich darin den Zorn der Vernichtung gesehen. Mir soll sie nichts zu verdanken haben; denn frei muss sie sein, nur in der Freiheit ist Liebe, nur in der Freiheit ist Zeitvertreib und ewige Lust, trotzdem ich sie so in Beschlag nehme, dass sie wie mit Naturnotwendigkeit in meinen Schoss sinken muss, trotzdem ich arbeite, sie dahin zu bringen, dass sie zu mir gravitiert, so kommt es doch darauf an, dass sie nicht wie ein schwerfälliger Körper fällt, sondern wie ein Geist gegen Geist gravitiert. Trotzdem sie mir gehören soll, darf dieses doch nicht identisch mit dem Unschönen sein, so dass es auf mir wie eine Last ruht. Sie darf mir weder in physischer Hinsicht eine Plage, noch in moralischer Hinsicht eine Verpflichtung sein. Zwischen uns beiden soll nur das Spiel der Freiheit herrschen. Sie soll mir so leicht sein, dass ich sie auf meinen Arm nehmen kann.

Cordelia beschäftigt mich fast zu viel. Wenn ich ihr persönlich gegenüberstehe, verliere ich mein Gleichgewicht nicht, aber dann, wenn beim Alleinsein mein Verstand sich aufs Strengste mit ihr abgiebt. — Ich kann mich nach ihr sehnen, nicht um mit ihr zu reden, nur um ihr Bild an mir vorüberschweben zu lassen, ich kann mich ihr nachschleichen, wenn ich weiss, sie ist ausgegangen, nicht um gesehen zu werden, aber um zu sehen. Letzten Abend kamen wir zusammen von Baseters, Eduard begleitete sie. In grösster Eile trennte ich mich von ihnen und lief in eine andere Strasse hinein, wo mein Diener mich erwartete, im Augenblick war ich umgekleidet und begegnete ihr noch einmal, ohne dass sie es ahnte. Eduard war stumm wie immer. Verliebt bin ich, das ist gewiss, aber nicht im gewöhnlichen Sinn, man muss sehr vorsichtig sein, wenn man so verliebt ist, die Folgen sind immer

gefährlich, und man ist es ja nur einmal. Doch der Gott der Liebe ist blind, wenn man klug ist, kann man ihn gewiss täuschen. Die Kunst ist, so empfindlich wie möglich für den Eindruck zu sein, zu wissen, welchen Eindruck man macht, und welchen Eindruck man von jedem jungen Mädchen empfängt. Auf diese Weise kann man in viele auf einmal verliebt sein, weil man in die Einzelheiten auf verschiedene Weise verliebt ist. Eine zu lieben ist zu wenig, alle zu lieben ist Oberflächlichkeit, sich selbst zu kennen und so viele wie möglich zu lieben, die Mächte der Liebe in seiner Seele zu verbergen, dass sie ihre bestimmte Nahrung bekommt, während das Bewusstsein das Ganze umspannt, — das ist Genuss, das ist Leben!
Eduard kann sich eigentlich nicht über mich beklagen. Freilich will ich, dass er Cordelia zum Probestein dienen soll, und dass sie durch ihn gegen die banale Liebe Abscheu kriegen soll, und auf diese Art aus ihren Grenzen heraustreten soll — aber gerade dazu gehört, dass Eduard keine Karrikatur sein soll, denn dann hilft es mir nichts. Eduard ist nicht nur bürgerlich genommen eine gute Partie — so etwas wiegt in ihren Augen nicht schwer, ein junges Mädchen von siebzehn Jahren sieht darauf nicht, — aber er hat auch persönlich viele liebenswürdige Eigenschaften, und ich helfe ihm immer, diese so vorteilhaft als möglich zu beleuchten. Wie eine Kammerjungfer oder wie ein Dekorateur, so statte ich ihn aus, so gut ich es

kann, und so weit die Mittel reichen, ja zuweilen schmücke ich ihn sogar mit geliehenen Federn. Wenn wir dann zusammen zu Cordelia gehen, ist es mir ganz sonderbar, neben ihm zu gehen. Es ist mir, als ob er mein Bruder oder mein Sohn wäre, und doch ist er mein gleichalteriger Freund und mein Rival. Gefährlich kann er mir nie werden. Je höher ich ihn hinstelle, da er doch fallen muss, desto mehr Einsicht bekommt Cordelia über das, was sie verschmäht, und desto grösser wird ihre Ahnung von dem, wonach sie sich sehnt. Ich helfe ihm zurecht, ich empfehle ihn, kurz, ich thue alles, was ein Freund für einen anderen thun kann. Um meiner Kälte richtig Relief zu geben, hetze ich mich selbst gegen Eduard auf. Ich schildere ihn als Schwärmer. Da Eduard nicht im mindesten versteht, sich selbst zu helfen, so muss ich ihn vorziehen.

Cordelia hasst und fürchtet mich. Was fürchtet ein junges Mädchen? Geist. Warum? Weil Geist die Verneinung ihrer ganzen weiblichen Existenz ausmacht. Männliche Schönheit, ein einnehmendes Wesen, und so weiter, sind gute Mittel. Durch sie kann man auch Eroberungen machen, aber nie einen vollständigen Sieg gewinnen. Warum? Weil man dann das junge Mädchen in seiner eigenen Potenz bekriegt, und in ihrer eigenen Kraft ist sie doch immer die Stärkste. Durch solche Mittel kann man ein junges Mädchen zum Erröten bringen, die

Augen zum Senken, aber nie wird man die unbeschreibliche schnürende Angst erzeugen, die ihre Schönheit interessant macht.

Non formosus erat, sed erat facundus Ulisees, et tamen aquoreas torsit amore Deas Ovidius: Ars amandi: Odysseus war nicht schön, doch Schönredner und brachte die Göttinnen des Meeres dazu, sich in Liebe zu ihm zu winden.

Ein jeder muss seine Kräfte kennen. Etwas, was mich oft aufgeregt hat, ist, dass auch die, welche auf Voraussetzungen leben, sich so tölpelhaft benehmen. Eigentlich müsste man jedem jungen Mädchen ansehen können, wenn sie einem andern oder richtiger ihrer eigenen Liebe zum Opfer gefallen ist, in welcher Richtung sie betrogen worden ist. Der routinierte Mörder hat einen bestimmten Stoss und die erfahrene Polizei erkennt gleich den Thäter, wenn sie die Wunde sieht. Aber wo trifft man solch systematischen Verführer, wo solchen Psychologen? Ein junges Mädchen verführen, bedeutet für die meisten, ein junges Mädchen zu verführen, sonst nichts — und doch wieviel liegt nicht in diesem Begriff!

3. Juli. Sie hasst mich als Weib — sie fürchtet mich als begabtes Weib — und als tüchtiger Kopf — muss sie mich lieben. Ich habe diesen Streit jetzt in ihrer Seele hervorgerufen. Mein Stolz, mein Trotz, mein eisiger Spott, meine herzlose Ironie

reizen sie — nicht aber zur Liebe; das nicht, derartige Gefühle hegt sie gewiss nicht, gegen mich gar nicht. Wetteifern will sie mit mir. Sie beneidet die stolze Unabhängigkeit im Verhältnis zu den Menschen, die stolze Unabhängigkeit — die Freiheit der Araber in der Wüste. Mein Spott und meine Excentricität neutralisieren jede erotische Entladung. Gegen mich ist sie ziemlich aus sich herausgehend, da sie keinen Liebhaber in mir sieht. Sie fasst meine Hand, drückt sie, lacht und ist aufmerksam in streng griechischem Sinn zu mir. Wir verhalten uns nur zu einander wie zwei gute Köpfe. Hat der ironische Spötter sie lange genug unterhalten, dann folge ich dem Rat in dem alten Liede: Der Ritter breitet aus seinen Mantel so rot und bittet die Jungfrau, darauf zu sitzen. Aber ich breite nicht meinen Mantel aus, um mit ihr auf einem indirekten Rasen zu sitzen, sondern um mit ihr durch die Luft auf den Flügeln des Gedankens zu verschwinden. Oder ich nehme sie nicht mit, sondern stelle mich vor einen Gedanken hin, grüsse nach ihr mit der Hand und mache mich ihr unsichtbar. Ich werde ihr nur fassbar im Sausen des geflügelten Wortes und werde nicht wie Jehovah durch die Stimme vernehmbar, da ich, je mehr ich spreche, auch um so höher steige. Im kühnen Gedankenflug will sie mir dann folgen, sich auf Adlerschwingen emporheben. Doch ich bin nur einen Augenblick so, dann bin ich wieder kalt und trocken.

Im jungfräulichen Erröten giebt es verschiedene Arten, ein grobes Rotwerden, wie es immer in den Romanen vorkommt, wo die Heldinnen „über und über" rot werden, und dann ein zarteres Rotwerden, die Morgenröte des Geistes, dies ist bei einem jungen Mädchen das Kostbarste. Das flüchtige Rotwerden, das einen glücklichen Gedanken begleitet, ist beim Mann schön, beim Jüngling schöner, beim Weib entzückend. Es ist ein auffliegender Blitz, ein wetterleuchtender Geist, beim Jüngling am schönsten, entzückend beim jungen Mädchen, weil ihre Jungfräulichkeit im reinsten Licht gezeigt wird. Wenn man älter wird, verschwindet dieses Rotwerden fast ganz.

Ich lese manchmal Cordelia etwas vor, Gleichgültiges meistens. Ich habe nämlich Eduard verständigt, dass man sich mit einem jungen Mädchen sehr angenehm in Verbindung setzen kann durch das Leihen von Büchern. Er hat auch dadurch viel erreicht, denn sie ist ihm für seine Aufmerksamkeit sehr verbunden. Den grössten Gewinn aber habe ich davon, da ich die Auswahl der Bücher bestimme. Ich habe dadurch ein schönes Observationsfeld gewonnen. Eduard bekommt die Bücher von mir, denn die Litteratur ist für ihn eine terra incognita; komme ich dann abends mit ihr zusammen, so nehme ich so nebenbei ein Buch, das da liegt, blättere darin, lese halblaut, und lobe Eduard wegen seiner Aufmerksamkeit. Gestern Abend nahm

ich mir vor, mittels eines Versuches ihre Spannkraft zu prüfen. Ich war unschlüssig, sollte ich ihr von Eduard Schillers Gedichte leihen lassen, um dann wie zufällig Theklas Gesang herauszufinden, oder Bürgers Gedichte. Ich zog die letzteren vor, besonders seine Leonore, weil dieselbe trotz ihrer Schönheit doch etwas überspannt ist. Das Gedicht las ich dann mit grossem Pathos vor. Cordelia war davon bewegt, sie nähte rascher, als ob Wilhelm sie als Leonore abholen wolle. Ich schwieg, die Tante aber hatte, ohne besonders Anteil zu nehmen, zugehört, sie erschreckte sich weder vor einem lebenden, noch vor einem gestorbenen Wilhelm, versteht auch ausserdem das Deutsche nicht sehr gut, kam jedoch ganz in ihr Element, als ich ihr das hübschgebundene Buch zeigte und die Unterhaltung auf die Buchbinderei lenkte. Ich hatte den Zweck, den Eindruck des Pathetischen, den ich bei Cordelia hervorgerufen, sofort wieder zu verwischen. Es wurde ihr etwas bang, aber das Bangsein war keine Versuchung für sie, sondern kam nur etwas unheimlich über sie.
Mein Auge hat zum erstenmal heute auf ihr geruht. Schlaf könne die Lider so schwer machen, sagt man, dass sie sich schliessen. Vielleicht lag auch etwas Ähnliches in meinem Blick. Man schliesst das Auge und doch dunkle geheimnisvolle Kräfte regen sich dahinter. Sie weiss es nicht, dass ich sie betrachte, sie empfindet es, empfindet es im

ganzen Körper. Man schliesst das Auge und es ist Nacht, aber es ist heller Tag drinnen.

Eduard muss jetzt fort. Er versucht es bis zum Äussersten zu bringen. Ich kann stündlich erwarten, er macht ihr eine Liebeserklärung. Niemand weiss das besser als ich, sein Eingeweihter, der ihn absichtlich in dieser Exaltation hält, um besser auf Cordelia zu wirken. Aber erlauben, ihr seine Liebe zu gestehen, das wäre zu weit gewagt. Ich weiss wohl, ihre Antwort würde ein „Nein" sein, doch damit wäre die Sache nicht abgemacht. Das würde ihm zu weh thun, und sein Leid könnte Cordelia bewegen und nachgiebig machen. Dadurch würde aber der Stolz Cordelia wahrscheinlich leiden, so viel reines Mitleid ist ungesund, und geschähe es, so wäre meine ganze Absicht mit Eduard verpfuscht. Zu Cordelia fängt meine Beziehung an dramatisch zu werden. Ich kann mich nicht länger nur beobachtend benehmen, sonst ginge der rechte Augenblick vorbei. Überrascht muss sie werden, das muss sein, dadurch komme ich auf den Platz, der mir gebührt. Will man überraschen, muss man auf der Hut sein, das, was in einem gewöhnlichen Fall überraschend wirkt, würde hier vielleicht nicht so auf sie wirken. So muss sie überrascht werden, dass das, was im ersten Augenblick als Grund zur Überraschung erscheint, etwas ganz Gewöhnliches ist. Es muss erst nach und nach sich zeigen, dass doch implicite etwas Überraschendes darin lag.

Dies ist das Gesetz auch für alles Interessante, und dies wieder das Gesetz für all mein Thun und Lassen gegenüber Cordelia.

Suspendiert man einen Augenblick die Energie der betreffenden Donna, so macht man ihr es unmöglich zu handeln, abhängig ist dies davon, ob man gewöhnliche oder ungewöhnliche Mittel benützt. In der Erinnerung lebt mir noch ein dummdreister Versuch auf eine Dame aus vornehmer Familie. Vergebens war ich ihr längere Zeit im Geheimen gefolgt, um mit ihr auf interessante Art anzuknüpfen, da eines Mittags treffe ich sie auf der Strasse. Überzeugt war ich, sie kannte mich nicht, und sie wusste auch nicht, ob ich aus derselben Stadt war. Sie war allein, ich ging an ihr vorbei, und sah sie wehmütig an, fast glaube ich, ich hatte Thränen in den Augen. Ich zog meinen Hut vor ihr. Sie blieb stehen. Und ich sagte mit bewegter Stimme und schwermütigem Blick: Sie dürfen mir nicht zürnen, mein gnädigstes Fräulein, aber es ist eine auffallende Ähnlichkeit zwischen Ihnen und einem Wesen, das ich mit ganzer Seele liebe, das aber weit von mir ist, und Sie müssen deshalb mein befremdendes Benehmen gütigst entschuldigen. — Natürlich glaubte sie, dass ich ein Schwärmer sei, etwas Schwärmerei hat ein junges Mädchen immer gern, besonders wenn sie zugleich fühlt, dass sie überlegen ist, und über einen lächeln darf. Wirklich, sie lächelte auch, es machte sie unbeschreiblich

schön. Sie grüsste mich mit einer vornehmen Haltung und lächelte. Dann ging sie weiter und ich blieb ihr zwei Schritte nach. Nach einigen Tagen begegnete ich ihr wieder und erlaubte mir, sie zu grüssen. Sie sah mich freundlich lächelnd an. . . .
Geduld ist eine kostbare Tugend, und wer zuletzt lacht, lacht am besten.
Aber wie soll ich Cordelia überraschen? Soll ich einen erotischen Sturm erregen, und Bäume mit den Wurzeln ausreissen? Ich könnte versuchen, sie dadurch vom festen Grund und Boden zu stossen, und dabei ihre Leidenschaft durch heimliche Mittel an den Tag bringen. Unmöglich wäre das nicht. Es liesse sich machen. Man kann ein junges Mädchen durch ihre Leidenschaft zu allem bewegen. Aber es wäre ästhetisch unrichtig, und würde bei ihr die Richtung verfehlen, die ich bezwecke. Ich bin kein Freund von Schwindel und dieser Zustand ist nur zu empfehlen, wenn man es mit solchen jungen Mädehen zu thun hat, die nur dadurch poetischen Abglanz bekommen können. In diesem Fall geht einem leicht der eigentliche Genuss verloren, denn zu viel Verwirrung ist auch schädlich. In ein paar Zügen würde ich das einsaugen können, was mir jahrelang zu gut kommen könnte. Ja, was noch schlimmer ist, ich müsste bereuen, denn hätte ich die Besinnung nicht verloren, hätte ich reicher und voller geniessen können. In Exaltation darf ich Cordelia nicht geniessen.

Das Zweckmässigste wäre eine richtige Verlobung. Vielleicht wirkt es noch überraschender, wenn sie eine nüchterne Liebeserklärung zu hören bekommt und ich um ihre Hand anhalte, überraschender, als wenn sie einer glühenden Erklärung zuhört und den Dampf des von mir gereichten Trankes einsaugt, sich klopfenden Herzens eine Entführung vorstellt. Das Verdammte bei einer Verlobung ist aber das Ethische dabei. In Wissenschaft und Leben ist das Ethische immer das Langweilige. Welcher Gegensatz: Unter dem ästhetischen Himmel ist alles graziös, schön, flüchtig, aber kommt die Ethik angeschritten, so wird die Welt kahl, hässlich und unsagbar langweilig. Bei einer Verlobung ist im strengsten Sinne nur die Ehe die ethische Realität. Ihr bindendes Gesetz ist ex consensu gentium. Dies ist mir von äusserster Wichtigkeit. Das Ethische dabei würde gerade genug sein, um auf Cordelia den Eindruck zu hinterlassen, dass sie die Grenze des Gewöhnlichen überschritten hat, und doch wäre es wieder nicht zu ernst, um bedenkliche Erschütterungen zu befürchten. Vor dem Ethischen habe ich immer einen gewissen Respekt gehabt. Selbst nicht im Scherz, nie habe ich jungen Mädchen das Heiraten versprochen. Scheint es, ich thue es hier, so ist das nur eine scheinbare That, ich werde es so zu machen wissen, dass sie mich aller Verpflichtung wieder enthebt. Ein Versprechen zu geben, findet mein Ritterstolz verächtlich.

Es ist verächtlich, wenn ein Richter durch das Versprechen der Freiheit einen Verbrecher zum Bekenntnis bringen will. Ein Richter der Art giebt seine eigene Kraft und sein Talent auf. Es kommt noch der Umstand in meiner Praxis dazu, dass ich nur den Wunsch nach einem freien Geschenk im strengsten Sinn habe. Schlechte Verführer mögen solche Mittel anwenden, aber was erreichen sie denn? Wer nicht versteht, ein junges Mädchen in dem Grad unter seinen Zauber zu bringen, dass sie alles aus dem Gesicht verliert, nur nicht das, was man selbst will, dass sie sehen soll, wer nicht versteht, sich in dem Grad in ein junges Mädchen einzudichten, dass von ihm alles ausgeht, was er wünscht, der ist ein Stümper. Ich beneide ihn nicht um seinen Genuss. Ein solcher Mensch bleibt ein Stümper, mich kann man so nicht nennen.
Ich bin ein Ästhetiker, ein Erotiker, der das Wesen, die Pointe der Liebe, erfasst hat, der an die Liebe glaubt, sie von Grund aus kennt und erlaube mir, die private Ansicht zu äussern, jede Liebesgeschichte darf höchstens ein halbes Jahr dauern, und dass eo ipso jedes Verhältnis aufhört, sobald man vom letzten genossen hat. Ich weiss das alles, und zugleich weiss ich, der höchste Liebesgenuss, der sich vorstellen lässt, ist: geliebt zu werden, über alles in der Welt geliebt zu werden. In ein Mädchen sich hineinzudichten, ist eine Kunst aber ein Meisterstück ist es, sich aus demselben wieder

herauszudichten, letzteres aber hängt immer von dem ersteren ab.

Eins wäre ausserdem noch möglich. Wenn sich Eduard mit ihr verlobte, und ich der Freund des Hauses würde. Unbedingt würde Eduard mir vertrauen, da ja sein Glück mein Werk ist. Ich würde auf die Art versteckter sein. Doch es geht nicht. Aber ohne von ihrer Höhe herabzusinken, kann sie sich nicht mit Eduard verloben. Und meine Beziehung zu ihr würde dadurch mehr pikant als interessant werden. Bei einer Verlobung ist besonders die unendliche Prosa der Resonanzboden des Interesses. Im Wahlschen Haus fängt alles an, bedeutungsvoller zu scheinen. Man merkt deutlich, hinter den alltäglichen Formen bewegt sich ein heimliches Leben, und das muss bald in der passenden Form zum Ausdruck kommen. Das Wahlsche Haus bereitet sich auf eine Verlobung vor. Ein ganz oberflächlicher Beobachter ratet vielleicht, es wird aus mir und aus der Tante etwas. Bei einer solchen Ehe wäre am meisten einem kommenden Geschlecht durch die Verbreitung landwirtschaftlicher Wissenschaft genützt. Ich würde Cordelias Onkel werden. Ein Freund von Gedankenfreiheit bin ich wohl, aber dieser Gedanke wäre so absurd, ich habe nicht den Mut, ihn festzuhalten. Cordelia fürchtet von Eduard eine Liebeserklärung, und er hofft, eine solche entscheidet alles. Das wäre übrigens auch sicher. Ich erspare ihm aber lieber die unange-

nehmen Folgen eines solchen Schrittes und komme ihm zuvor. Ich hoffe, ich kann ihn jetzt bald fortschicken, er fängt wirklich an, mir im Weg zu sein. So träumend und liebestrunken kommt er mir vor, dass man beinahe fürchtet, er erhebt sich plötzlich wie ein Somnambule und gesteht der ganzen Gemeinde seine Liebe ein, und das mit einem so objektiven Gesicht, dass er sich nicht mal Cordelia zu nähern wagt. Ich warf ihm heute einen Blick zu. Wie ein Elefant jemand auf seinen Rüssel nimmt, so nahm ich ihn auf meine Augen, gross wie er war, und warf ihn hinter mich. Trotzdem er sitzen blieb, glaube ich doch, er hat es im ganzen Körper gespürt.
Cordelia ist nicht mehr so sicher zu mir, wie sie früher war. Früher näherte sie sich mir immer weiblich sicher, jetzt schwankt sie etwas. Dies hat aber nichts zu bedeuten, und schwer wäre es mir nicht, alles wieder ins alte Geleise zu bringen. Doch ich will das nicht. Eine Exploration noch und dann die Verlobung. Diese kann nicht viel Schwierigkeiten machen, Cordelia sagt aus lauter Überzeugung ja und die Tante fügt ein herzliches Amen bei. Sie wird ausser sich vor Freude über solch einen landwirtschaftlichen Schwiegersohn. Schwiegersohn! Alles hängt doch wie an einer Erbsenranke aneinander, wenn man sich auf dieses Gebiet wagt! Eigentlich werde ich dann nicht ihr Schwiegersohn, sondern ihr Neffe, oder richtiger, wenn Gott will, keines von beiden.

23. Juli. Heute erntete ich die Frucht eines Gerüchtes, das ich habe verbreiten lassen, nämlich, dass ich in ein junges Mädchen verliebt sei. Mit Eduards Hilfe ist es auch zu Cordelias Ohren gekommen. Sie ist neugierig, sie beobachtet mich, wagt aber nicht zu fragen. Und doch ist es ihr nicht unwichtig, Gewissheit zu bekommen, teils weil es ihr unwahrscheinlich, teils weil sie darin beinahe einen Vorboten für sich sehen würde. Denn könnte ein so kalter Spötter, wie ich, sich verlieben, würde sie es auch können, ohne sich schämen zu müssen. Heute leitete ich das Gespräch auf dies Thema. Ich traue es mir zu, eine Geschichte so zu erzählen, dass die Pointe nicht verloren geht, auch dass sie nicht zu früh kommt. Die Zuhörer in Spannung zu halten, durch Abweichungen episodischer Natur mich darüber zu vergewissern, welchen Ausgang sie wünschen, dass die Geschichte bekommen soll, über den Fortgang derselben irre zu führen, das ist meine Lust. Zweideutigkeiten zu gebrauchen, dass die Zuhörer nur in einer Weise das Erzählte auffassen, um dann plötzlich einzusehen, die Worte können auch anders verstanden werden, das ist meine Kunst. Wenn man Gelegenheit haben will, Beobachtungen nach einer gewissen Richtung hin anzustellen, dann muss man eine Rede halten. Während eines Gespräches kann der, dem die Rede gilt, einem leichter ausweichen, er kann durch Fragen und Antworten leichter den Eindruck, den sie macht, verstecken.

Mit feierlichem Ernst fing ich meine Rede an die Tante an: „Soll ich es dem Wohlwollen meiner Freunde oder der Bosheit meiner Feinde zuschreiben, wer hat nicht von dem einen oder dem andern zu viel?" Hier machte die Tante eine Bemerkung, die ich mit aller Macht zu verwischen suchte, um Cordelia, die horchte, in Spannung zu halten. Eine Spannung, die sie nicht auflösen konnte, da ich zu der Tante sprach, und meine Stimmung feierlich war. Ich fuhr fort: „Oder soll ich es einem Zufall zuschreiben, einem generatio aequivoca eines Gerüchtes (dieses Wort verstand Cordelia offenbar nicht, es verwirrte sie nur, besonders da ich eine falsche Betonung darauf legte, und zugleich eine listige Miene machte, als ob hier die Pointe läge), dass ich, der gewöhnt bin, versteckt vor der Welt zu leben, zu einem Gesprächstoff geworden bin, indem man behauptet, ich sei verlobt." Cordelia erwartete scheinbar meine Erklärung über das Gesagte, und ich setzte fort: „Meine Freunde behaupten so, weil man es doch für ein grosses Glück halten muss, verliebt zu sein, (sie stutzte) meine Feinde, weil man es doch lächerlich finden muss, dass dieses Glück mir zu teil geworden ist (umgekehrte Wirkung), deswegen, weil nicht der geringste Grund dazu vorhanden ist, oder soll ich es dem generatio aequivoca des Gerüchtes zuschreiben, da das Ganze durch eines leeren Hirns gedankenlosen Umgang mit sich selbst entstand?" Die Tante beeilte sich mit weiblicher Neugier zu fragen, mit wem man es für gut befunden hätte, mich gerüchtweise zu verloben? Aber ich wies jede Frage dieser Art ab. Ich glaube, bei Cordelia hat diese ganze Geschichte nur beigetragen, Eduards Aktien um ein Paar Points steigen zu lassen.

Der Augenblick der Entscheidung nähert sich. Ich könnte bei der Tante schriftlich um Cordelias Hand anhalten. Gewöhnlich macht man es so, als ob für das Herz das Schreiben natürlicher wäre als das Sprechen. Das Philisterhafte dabei würde mich beinahe zu dieser Art bestimmen, wenn dies überhaupt meine Handlungsweise wäre. Doch würde ich es wählen, entginge mir die eigentliche Überraschung und von der kann ich nicht gutwillig abstehen. — Ein Freund würde mir wahrscheinlich sagen: Überlege ihn Dir recht, den ernsten Schritt, den Du thun willst, der für Dein ganzes Leben und für das Glück eines anderen Wesens bestimmend ist. Ja, den Vorteil hätte man, wenn man einen Freund hätte. Einen Freund habe ich nicht. Ob es ein Vorteil ist, will ich nicht entscheiden; dass ich aber nicht von solchen Ratschlägen gepeinigt werde, das ist ein absoluter Vorteil. Übrigens, im strengsten Sinne des Wortes, ich habe die ganze Angelegenheit sehr überlegt.

An einer Verlobung hindert mich also nichts. Dass ich auf Freiersfüssen gehe, wer sieht mir das an; meine unbedeutende Person wird bald aufhören,

eine Prosa zu sein und eine Partie werden, ja eine
gute Partie, wird die Tante meinen. Am meisten
bedauere ich bei der ganzen Geschichte die Tante,
denn ihre Liebe zu mir ist eine reine, aufrichtige,
ökonomische Liebe, und sie betet mich als ihr Ideal
beinah an.
Wohl habe ich in meinem Leben viele Liebeserklärungen gemacht und doch hilft mir hier meine
ganze Erfahrung nicht. Denn diese Erklärung muss
ganz eigener Art sein. Vor allem muss ich mir
klar machen, dass es eine fingierte Bewegung ist.
Ich habe mehrere Versuche gemacht, um zu untersuchen, nach welcher Richtung hin ich am besten
auftrete. Den Augenblick erotisch zu machen, wäre
bedenklich, da dieses leicht die Erwartung von dem,
was sich später entwickeln könnte, in sich schliessen
könnte. Im Ernst es zu machen, wäre gefährlich
— solcher Augenblick wäre für ein junges Mädchen
von zu grosser Bedeutung, dass ihre ganze Seele
sich darin fixieren kann, wie ein Sterbender in
seinem letzten Willen. Es freundlich, halb komisch
anzufangen, würde mit der Maske, die ich bis jetzt
gebraucht habe, nicht harmonieren und auch nicht
mit der neuen Maske, die ich jetzt zu tragen beabsichtige. Rasch und ironisch es thun, wäre zu viel
gewagt. Wäre es mit mir wie mit allen anderen
Menschen bei solcher Gelegenheit, wäre mir die
Hauptsache, das eigene kleine Ich herauszulocken,
das wäre die leichteste Sache der Welt. Freilich

ist es wichtig für mich, aber nicht absolut wichtig. Denn trotzdem ich mir dies junge Mädchen ausgesucht habe, und trotzdem ich mein ganzes Interesse auf sie verwendet habe, giebt es doch Bedingungen, unter welchen ich ihr „Ja" nicht annehmen würde. Mir liegt absolut nichts daran, das junge Mädchen äusserlich zu besitzen, sondern sie künstlerisch zu geniessen. Der Anfang muss deshalb so künstlerisch als möglich sein. Der Anfang muss so vague als möglich sein, er muss alle Möglichkeiten in sich tragen. Wenn sie in mir gleich einen Betrüger sieht, dann fasst sie mich falsch auf, denn ich bin kein Betrüger in gewöhnlichem Sinn. Wenn sie in mir einen getreuen Liebhaber sieht, so fasst sie mich auch falsch auf. Es heisst, sich so halten, dass ihre Seele durch dieses Auftreten so wenig als möglich festgestellt wird. In einem Augenblick ist die Seele des jungen Mädchens prophetisch wie die eines Sterbenden. Dies muss verhindert werden. Meine liebenswürdige Cordelia! Ich betrüge Dich wegen etwas Schönem, aber ich kann nicht anders sein, ich will Dir dafür allen Ersatz geben. Der ganze Auftritt muss so unbedeutend als möglich gemacht werden, dass sie, wenn er gewesen ist, sie sich gar nicht klar zu machen vermag, was in diesem Verhältnis verborgen liegt. Die Unbegrenztheit von Möglichkeiten ist eben das Interessante. Ist sie im stande, etwas vorauszusehen, dann habe ich einen Fehler in meinem Auftreten begangen und das ganze

Verhältnis verliert seine Bedeutung. Dass sie Ja
sagen sollte, weil sie mich liebt, ist undenkbar,
denn sie liebt mich ja gar nicht. Am besten wäre
es, wenn ich aus der Verlobung statt eine Handlung ein Ereignis machen könnte, aus etwas was
sie thut, etwas was ihr passiert, und wovon sie
sagen muss: Gott weiss, wie es eigentlich zuging. —

31. Juli. Ich habe heute einen Liebesbrief für einen
andern geschrieben. Erstens ist es recht interessant,
sich so ganz in die Situation hineinzuversetzen, ohne
dabei seine Gemütlichkeit preisgeben zu müssen.
Ich zünde meine Pfeife an, höre dem Bericht zu
und erhalte die Briefe, die sie schon geschrieben
hat. Ich habe immer mit Sorgfalt studiert, wie ein
junges Mädchen schreibt. Er sitzt wie eine verliebte Ratte dabei, liest mir ihre Briefe vor, während ich ihn mit lakonischen Zwischenreden unterbreche, und sage: sie versteht für sich zu reden,
sie hat Empfindung, Geschmack, sie ist vorsichtig,
gewiss hat sie schon früher geliebt u. s. w. Und
ausserdem thue ich ein gutes Werk. Ich vereinige
zwei junge Menschen, dann quittiere ich. Wenn
ich ein Paar glücklich gemacht habe, suche ich mir
ein Opfer dabei aus; ich mache zwei glücklich und
höchstens eine unglücklich. Ehrlich bin ich und
zuverlässig, nie habe ich die betrogen, die sich mir
anvertrauten. Natürlich gewinne ich immer etwas
dabei, aber das sind gesetzliche Sporteln. Und warum

eigentlich giebt man mir so viel Vertrauen? Weil ich Lateinisch gelernt habe, fleissig studiere, und meine eigenen Angelegenheiten für mich behalte. Und weshalb sollte ich kein Vertrauen verdienen, ich missbrauche es nie.

2. August. Mein Augenblick war gekommen. Ich sah die Tante von weitem auf der Strasse und wusste, dass das Haus frei war. Eduard war auf dem Zollamt, ich konnte also ruhig annehmen, dass Cordelia allein zu Hause war. Und so war es. Cordelia war allein zu Hause und sass an ihrem Nähtisch. Ich habe die Familie nur selten vormittags besucht, deshalb wurde sie etwas affiziert, als sie mich sah. Beinahe wäre die Situation zu aufgeregt geworden. Sie hätte in dem Fall nicht Schuld gehabt, denn sie war rasch gefasst, nur mir machte sie trotz meines Panzers, den ich um mich gelegt hatte, einen unbeschreiblichen Eindruck. Sie war reizend in dem einfachen blaugestreiften Shirtingkleid, auf der Brust eine frischgepflückte Rose. Sie selber war eine frischgepflückte Blume, so frisch, als wäre sie eben erst erschienen. Und weiss jemand überhaupt, wo junge Mädchen die Nacht verbringen; im Land der Illusionen, denke ich, aber jeden Morgen kehren sie heim, und deshalb die jungfräuliche Frische. So jugendlich und doch gereift sah sie aus. Als wenn die Natur, die zärtliche reiche Mutter, sie eben aus ihrer Hand hingestellt hätte. Es

war mir, als hätte ich diesem Abschied zugeschaut, und sah, wie jene liebevolle Mutter sie noch einmal in den Arm nahm, und ich hörte, sie sagt zu ihr: „Geh in die Welt, mein Kind, für Dich habe ich mein bestes gethan, nimm diesen Kuss als ein Siegel auf Deinen Mund, ein Siegel, welches Dich heilig hält, niemand kann es brechen, es sei, dass Du es selbst willst; aber wenn der einzige kommt, dann wirst Du durch dieses Siegel Dein Heiligtum verstehen." Und sie drückte auf ihre Lippen einen Kuss, der kein menschlicher Kuss war, der endlich ist, sondern ein göttlicher Kuss, der Unendliches giebt, der dem Mädchen die Macht des Kusses giebt. Tiefe Natur, wie feinsinnig und geheimnisvoll du bist, du giebst dem Mann das Wort und dem Mädchen die Beredsamkeit im Kuss! Sie hatte diesen Kuss auf den Lippen, und den Abschied auf der Stirn, und den fröhlichen Gruss in ihrem Auge, darum sah sie so häuslich aus, denn von der Welt kannte sie nichts, sondern nur die Weltmutter kannte sie, die Treue, Gute, die ungesehen über ihr wachte. Bald war ich wieder Herr meiner Leidenschaft, und trat feierlich blöde auf, wie es der gute Ton vorschreibt, wenn man will, dass etwas in geheimnisvoller Weise geschehen soll, dem man keine grosse Bedeutung geben will.

Nach einigen einleitenden Äusserungen rückte ich näher zu ihr, und kam mit meinem Antrag hervor. Spricht ein Mensch wie ein Buch, so ist es unend-

lich langweilig, ihm zuzuhören, doch zuweilen ist es sehr angebracht, so zu sprechen. Ein Buch hat von allen Eigenschaften das seltsame, man kann es auslegen wie man mag. Ebenso ist es, wenn jemand wie ein Buch redet. Ich blieb ganz nüchtern bei den gewöhnlichen Formeln. Es war nicht zu leugnen, sie schien, ganz wie ich es erwartete, überrascht. Wirklich, ich weiss es nicht zu erklären, wie sie dabei aussah. Sie sah ungefähr aus wie der noch ungeschriebene, aber verheissene Kommentar meines Buches, ein Kommentar, der die Möglichkeit jeder Interpretation giebt. Es fehlte nur ein Wort und sie hätte mich verlacht, ein Wort nur, sie wäre bewegt gewesen, ein Wort, und sie hätte mich geflohen; aber kein Wort kam mehr über meine Lippen, feierlich blieb ich und hielt mich genau an das Ritual. — „Da Sie mich erst so kurze Zeit kennen" — O mein Gott, auf solche Schwierigkeit stösst man nur, wenn man sich verloben will, nie denkt man daran, von kurzem Kennen zu sprechen, wenn man den gedankenlosen edlen Rosenpfad der Liebe geht.
Sonderbar! In den letzten Tagen, da ich meine Angelegenheit überdachte, da zweifelte ich nie, dass sie „ja" sagen würde, wenn ich sie überraschte. Man sieht, wie wenig alle Vorbereitungen nützen. Nichts geschah, wie ich es erwartet hatte. Weder „ja" noch „nein" sagte sie. Ich hätte es vorherwissen müssen. Das Glück verfolgt mich wirklich,

denn das Resultat war besser als ich erwartet hatte.
Denn sie wies mich an die Tante.

Die Tante gab ihre Einwilligung, — daran hatte
ich nie gezweifelt — und Cordelia folgte dem Rat
der Tante.

Sehr poetisch war meine Verlobung durchaus nicht
— dessen kann ich mich thatsächlich nicht rühmen,
sie war masslos philisterhaft, und gemein bürgerlich. Das junge Mädchen kann sich nicht entscheiden,
„ja" oder „nein" zu sagen; die Tante sagt „ja", das
junge Mädchen sagt auch „ja", ich nehme das junge
Mädchen, das Mädchen nimmt mich — und nun
erst soll die Geschichte anfangen.

3. August. Also bin ich verlobt. Und Cordelia
auch. Das ist ungefähr alles, was sie von der Sache
weiss: Hätte sie eine Freundin, mit der sie offen
reden könnte, sie würde sagen: „Was bedeutet das
alles, ich verstehe es wirklich nicht. Etwas zieht
mich zu ihm hin, was es ist, das bin ich mir nicht
klar, er übt eine wunderbare Anziehung auf mich
aus. Fragst Du mich aber, ob ich ihn gern habe,
liebe? Nein, das thue ich nicht, und nie werde ich
es können. Dagegen recht gut kann ich mit ihm
zusammenleben, und deshalb auch mit ihm glücklich werden; er fordert gewiss nicht so viel, er will
nur, dass man bei ihm aushält." Meine liebe Cordelia, er fordert vielleicht mehr, mehr als Du Dir
denken kannst, mehr als bei ihm auszuhalten! — —

Vom Lächerlichen ist das Allerlächerlichste thatsächlich eine Verlobung. Es ist doch noch Sinn bei der Ehe, wenn dieselbe auch viel Unbequemes hat. Aber sich zu verloben, ist eine menschliche Erfindung, ihrem Erfinder macht sie keine Ehre. Eduard ist rasend, voll Erbitterung. Der Bart wächst ihm willkürlich, und was viel bedeutet, er hat seinen schwarzen Anzug fortgelegt. Mit Cordelia will er sprechen und ihr meinen entsetzlichen Betrug darstellen. Wird das eine aufregende Scene werden: Eduard unrasiert, verwahrlost gekleidet, mit Cordelia laut sprechend! Wenn er nur nicht durch seinen langen Bart triumphiert. Ich suche ihm vergebens Verstand beizubringen, ich sage ihm, die Tante hat die Verlobung gewollt, vielleicht hege Cordelia noch Gefühle für ihn, und könne er sie gewinnen, ich wolle dann gern zurücktreten u. s. w. Er bedenkt sich einen Augenblick, ob er nicht seinen Bart stutzen lassen soll und sich einen neuen schwarzen Anzug anziehen soll, aber dann im nächsten Augenblick fängt er wieder wütend zu schimpfen an. Ich versuche alles, um ihn zum Frieden zu bringen. Und so sehr er auf mich wütend ist, keinen Schritt thut er, den er nicht erst mit mir überlegt; er vergisst es nicht, dass ich sein treuer Mentor gewesen bin. Weshalb soll ich ihm die letzte Hoffnung nehmen, weshalb mit ihm brechen? Er ist ein lieber Mensch, und wer weiss, zu was er mir noch gute Dienste leisten kann.

Ich habe nun eine doppelte Aufgabe, erstens muss ich alles vorbereiten, um die Verlobung wieder rückgängig zu machen, und mir dafür ein schöneres Verhältnis von tieferer Bedeutung zu Cordelia sichern. Zweitens muss ich meine Zeit auf das beste ausbeuten, indem ich mich all der entzückenden Liebenswürdigkeit erfreue, mit der die Natur sie so freigebig geschmückt hat, aber alles das muss ich mit der Zurückhaltung und Begrenzung thun, die mir verbietet, etwas vorwegzunehmen. Hat sie dann in meiner Schule „lieben", „mich lieben" gelernt, dann wird die Verlobung als eine ungenügende Form der Liebe aufgelöst, und sie ist mein. Andere rennen sich fest, wenn sie auf diesem Punkt angekommen sind, und haben dann gute Aussicht auf eine langweilige Ehe in alle Ewigkeit. Jeder nach seinem Geschmack.

Alles ist noch im status quo; aber ich kann mir kaum einen glücklicheren Bräutigam denken als mich, oder einen Geizigen, der ein Goldstück gefunden hat, geiziger als ich. Der Gedanke, dass sie in meiner Macht ist, berauscht mich. Eine Weiblichkeit, rein, unschuldig, durchsichtig wie das Meer, und zugleich wie das Meer tiefsinnig, ohne eine Ahnung von Liebe! Sie soll es nun lernen, welche Macht die Liebe ist. Wie eine Königstochter, die aus niederer Hütte auf den Thron ihrer Väter geführt wird, so soll sie nun ihr Königreich betreten, das ihre wahre Heimat ist. Durch mich

soll es geschehen, denn lernt sie, was lieben heisst, so lernt sie mich lieben. Indem sie die volle Bedeutung der Liebe kennen lernt, wendet sie dieselbe an, um mich zu lieben, und wenn sie zu ahnen beginnt, dass sie es von mir gelernt hat, dann liebt sie mich doppelt. Der Gedanke an meine Freude ist derart überwältigend für mich, dass ich fast besinnungslos werde. Ihre Seele ist nicht verflüchtigt oder durch die unbestimmten Bewegungen der Liebe schlaff geworden. Viele Mädchen, die zum Lieben kommen, haben in ihrer Seele ein unbestimmtes Nebelbild, das ihr Ideal sein soll, womit sie den Gegenstand der Liebe prüfen. Aus solchen Halbheiten geht ein Etwas hervor, das einem christlich durch die Welt helfen kann, aber nicht mehr.
Wenn dagegen die Liebe in ihrer Seele erwacht, so durchschaue ich sie, und horche aus ihr all die Stimmen der Liebe heraus. Ich untersuche, wie sie sich bei ihr gestaltet hat, und mache mich ihr selbst ähnlich. Und wie ich unmittelbar in die Geschichte aufgenommen bin, die die Liebe in ihrem Herzen abspielt, so komme ich auch wieder von aussen ihr entgegen, so betrügend als möglich. Ein junges Mädchen liebt doch nur einmal.
Nun bin ich in Cordelias rechtmässigem Besitz, der Tante Segen habe ich und der Freunde und Verwandten Gratulation. Des Krieges Mühe hat ihr Ende erreicht, die Segnungen des Friedens sind im Anzug. Welcher Unsinn! Als ob Segen der Tante

und Gratulation der Freunde mir Cordelias wirklichen Besitz geben könnten. Als ob die Liebe je einen Gegensatz zwischen Kriegs- und Friedenszeit hätte, als ob sie sich nicht, so lang sie dauert, im Streit äussert, wenngleich mit verschiedenen Waffen. Der Unterschied ist nur der, ob in naher oder weiter Entfernung gestritten wird, ob „cominus" oder „eminus" gestritten wird. Je mehr in einem Liebesverhältnis „eminus" gestritten wurde, desto trauriger, denn desto unbedeutender wird das Handgemenge. Zum Handgemeng gehört der Händedruck, die Berührung mit der Fusspitze — etwas was Ovid, wie bekannt, ebenso empfiehlt als auch mit tiefer Eifersucht eifrig bekämpft — um nicht vom Kuss und der Umarmung zu sprechen. Wer „eminus" kämpft, hat gewöhnlich nur ein Auge, auf das er sich verlassen kann, und trotzdem wird er, wenn er Künstler ist, diese Waffe mit einer Geschicklichkeit anwenden, dass er beinah dasselbe erreicht. Er soll sein Auge auf einem Mädchen mit einer desultorischen Zärtlichkeit ruhen lassen, die so wirkt, als ob er sie durch Zufall berührt. Er muss im Stande sein, sie so mit seinen Augen fest zu greifen, als schliesse er sie in seine Arme. Trotzdem ist es immer ein Fehler oder ein Unglück, wenn man zu lang „eminus" kämpft, denn ein solcher Kampf ist nur ein Symbol und noch kein eigentlicher Genuss. Wenn man „cominus" kämpft, dann erst bekommt alles seine wirkliche Bedeutung.

Ist im Lieben kein Kampf mehr, so hat die Liebe aufgehört. Ich habe so nie als „eminus" gekämpft, und bin deshalb nicht beim Schluss, sondern am Anfang. Jetzt erst rücke ich mit den Waffen heraus. Ja, ich bin in Cordelias Besitz, das ist wahr, ich bin es in juridischer und spiessbürgerlicher Bedeutung des Wortes; aber daraus schliesse ich absolut noch nichts, ich habe höhere Vorstellungen. Sie ist mit mir verlobt, das ist wahr, aber dürfte ich deshalb sicher voraussetzen, dass sie mich liebt, so wäre das ein Selbstbetrug, denn sie liebt mich gar nicht. Sie ist mein nach dem Gesetz, und doch ist sie nicht mein, so wie ich kein Mädchen mein nennen kann, wenn ich sie nicht gesetzlich besitze.

  Auf heimlich errötender Wange
  Leuchtet des Herzens Glühn.

Sie sitzt auf dem Sofa am Theetisch, ich neben ihr auf einem Stuhl. Diese Stellung zeigt Vertrauen und doch wieder eine Vornehmheit, die fern hält. Es hängt ausserordentlich viel von der Stellung ab, das heisst für einen, der ein Auge dafür hat. Die Liebe hat verschiedene Positionen, diese ist die erste. Wie dieses Mädchen von der Natur königlich ausgestattet wurde, ihre reinen weichen Formen, ihre tiefe jungfräuliche Unschuld, ihr helles Auge, — das alles berauscht mich. Ich hatte sie begrüsst. Wie immer kam sie mir froh entgegen, etwas verlegen, vielleicht etwas unsicher. Unser Verhältnis ist seit der Verlobung doch etwas verändert, aber wie, das ist ihr

nicht bewusst. Sie fasste meine Hand, aber nicht wie sonst lächelnd. Ich gab diesen Gruss mit einem leichten kaum merklichen Handdruck zurück und war mild und freundlich, ohne erotisch zu sein. — Sie sitzt auf dem Sofa am Theetisch. Alles ist so still und feierlich, wie wenn die Erde im Morgenrot glüht. Es kommt ihr kein Wort über die Lippen, ihr Herz allein ist bewegt. Mein Auge weilt auf ihr, aber nicht in sündiger Lust, wahrhaftig, das wäre zu niederträchtig. Wie über das Feld die Wolke, so zieht eine feine Röte über ihr Gesicht. Was das bedeutet? Ist es die Liebe, Sehnsucht, Hoffnung, Furcht? Denn Rot ist die Herzfarbe. Nein. Sie erstaunt, sie verwundert sich — aber über mich nicht, nicht über sich selbst, sie erstaunt in sich selbst, denn in sich selbst wird sie umgewandelt. Solch ein Augenblick verlangt Stille, keine Reflexion soll ihn stören, kein Leidenschaftsturm darf ihn unterbrechen. Es sieht aus, als wäre ich nicht anwesend, und gerade meine Anwesenheit ist die Bedingung ihrer kontemplativen Verwunderung. Mein Wesen ist mit ihr in Harmonie. Zu solchen Stunden betet man ein Mädchen, wie manche Gottheiten, schweigend an.
Glücklich bin ich, dass ich das Haus meines Onkels habe. Wenn ich einem Mädchen Widerwillen gegen das Tabakrauchen beibringen möchte, so brauchte ich sie nur in irgend einen Rauchsalon einzuführen. Wenn ich aber einem Mädchen die Freude an der

Verlobung nehmen will, so brauche ich sie nur bei meinem Onkel einzuführen. Sein Haus ist der Versammlungsort aller Verlobten. Eine grässliche Gesellschaft, in die man da hineinkommt, und ich kann es Cordelia nicht übel nehmen, dass sie dabei ungeduldig wird. Sind wir dort en masse beieinander, so glaube ich, wir sind zehn Paare, ausser den annektierten Bataillonen, die zu den grossen Festlichkeiten in die Hauptstadt kommen. Wir Verlobten können so recht aus vollem Becher die Freude des Verlobtseins geniessen. Den ganzen Abend hört man nur einen Laut, wie wenn einer mit der Fliegenklatsche umhergeht — das sind die Küsse der Liebenden! Denn man ist in diesem Haus von einer geradezu liebenswürdigen Ungeniertheit; man sucht nicht einmal versteckte Plätze auf, alle sitzen um einen grossen runden Tisch. Auch ich thue so, als wolle ich Cordelia ebenso behandeln. Dabei muss ich mich aber sehr beherrschen. Und wirklich, es wäre empörend, würde ich in dieser Weise ihre reine Jungfräulichkeit so verletzen. Ich würde mir dabei stärkere Vorwürfe machen, als wenn ich sie hingeben würde. Überhaupt, jedem Mädchen, dass sich mir anvertraut, kann ich eine vollkommen ästhetische Behandlungsweise zusichern: die Geschichte endet nur immer damit, dass sie betrogen ist; aber in meiner Ästhetik steht als Satz fest: entweder ist der Mann vom Mädchen betrogen, oder das Mädchen vom Mann. Es wäre durch Statistik aus Geschichten, Märchen, Sagen, Volksliedern und Mythologien interessant, zu konstatieren, ob öfter das Mädchen oder der Mann treulos ist.

Die Zeit, die ich um Cordelia verschwende, ärgert mich nicht, obgleich jedes Begegnen langwierige Vorbereitungen verlangt. Ich erlebe mit ihr das Werden einer Liebe. Ich selbst bin beinahe unsichtbar dabei, trotzdem ich sichtbar an ihrer Seite sitze. So wie ein Tanz, der von Zweien getanzt werden muss, nur von einer getanzt wird, so ist mein Verhältnis zu ihr. Ich bin nämlich der zweite Tänzer, trotz meiner Unsichtbarkeit. Sie bewegt sich wie in Träumen und doch tanzt sie mit einem andern, und dieser andere bin ich, der, wenn er sichtbar anwesend ist, unsichtbar ist, und wenn unsichtbar anwesend, sichtbar wird. Die Bewegung verlangt einen Partner, sie biegt sich zu ihm, sie reicht ihm die Hand, sie flieht, sie nähert sich ihm, ich nehme ihre Hand, ich vervollständige ihren Gedanken, der schon in sich vervollständigt ist. Sie bewegt sich in der Melodie ihrer Seele. Ich bin nur die Ursache dazu, dass sie sich bewegt. Ich bin nicht erotisch, das würde sie nur wecken, ich bin biegsam, geschmeidig, unpersönlich beinah wie eine Stimmung.

Über welches Thema sprechen die Verlobten? Soviel mir bekannt ist, versuchen sie sich gegenseitig mit ihren ehrenwerten Familien bekannt zu machen. Kein Wunder, dass dabei alles Erotische aufhört.

Man muss verstehen, die Liebe zu etwas Absolutem zu machen, vor welchem alles andere auf die Seite tritt, sonst sollte man niemals versuchen zu lieben, auch wenn man zehnmal heiraten will. Ob meine Tante Marianne heisst, mein Onkel Christoph, mein Vater Major ist, das geht doch die Mysterien der Liebe nichts an? Sogar das eigene vergangene Leben bedeutet nichts. Hat ein junges Mädchen überhaupt etwas zu erzählen? Und weiss sie etwas, vielleicht lohnt es sich, ihr zuzuhören, aber gewöhnlich lohnt es sich nicht, sie dabei zu lieben. Ich wenigstens verlange keine Geschichten, das Unmittelbare ist mir genügend. Das Ewige in der Liebe ist, dass die Individuen erst im Liebesaugenblick für einander auf die Welt gekommen sind.

Ich muss ihr etwas Vertrauen einflössen, oder besser einige Zweifel von ihr entfernen. Zu der Zahl der Liebenden, die einander aus Achtung lieben, die einander aus Achtung heiraten oder aus Achtung gar Kinder zeugen, dazu gehöre ich gerade nicht, und doch, ich weiss gut, die Liebe fordert, so lange die Leidenschaft noch schlummert, dass das Ästhetische und Moralische miteinander in Konflikt kommen. Dort hat die Liebe ihre selbständige Dialektik. Meine Beziehung zu Eduard kann weniger vor der Moral bestehen, als meine Beziehung zur Tante, und doch ist es leichter, das erstere vor Cordelia zu verteidigen als das letztere. Und ich habe, trotzdem sie keine Äusserung darüber that, es für passender gehalten, ihr zu sagen, dass ich nicht anders handeln konnte. Die Vorsicht, die ich dabei angewendet, schmeichelt ihrer Eigenliebe, die geheimnisvolle Art, womit ich alles lenkte, weckt ihre Aufmerksamkeit. Es könnte wohl dabei aussehen, dass ich dadurch schon zu viel erotische Erfahrung verrate, und mir selbst widerspreche, wenn ich später einmal die Bemerkung entschlüpfen lassen muss, ich hätte noch nie geliebt. Doch das macht nichts. Davor ist mir nicht bang, wenn sie es nur nicht bemerkt und ich das erreiche, was ich haben will. Mögen Gelehrte eine Ehre darein setzen, dass sie sich niemals im geringsten widersprechen, das Leben eines jungen Mädchens ist so reich und ist deshalb auch voll Widersprüche und fordert die Widersprüche heraus.

Stolz ist sie und hat von dem Erotischen eigentlich keinen richtigen Begriff. Beugt sie sich auch in gewissem Masse vor meinem Geist, so ist es doch nicht ausgeschlossen, dass sie ihren Stolz gegen mich herauskehrt, wenn das Erotische seine Rechte verlangen will. Im Grund ist sie ahnungslos über die eigentliche Bedeutung eines Weibes. Darum war es auch leicht, sie gegen Eduard gereizt zu machen. Dieser Stolz aber war ganz excentrisch, sie weiss ja gar nicht, was Liebe ist. Kommt diese Erkenntnis einmal über sie, dann wird sie in des Wortes bester Bedeutung stolz werden. Aber von jenem Excentrischen könnte leicht wieder ein Rest

Schönes Fräulein, verschwinden Sie? Ach! Sie möchten ihm sicher die Thür öffnen.... Kommen Sie wieder, er wird nicht hineingehen.... Oder, wissen Sie es besser? Doch ich muss Ihnen die Versicherung geben, ... er sagt es mir ja eben ins Gesicht, dass er nicht in Ihr Haus wollte. Hätte der vorüberfahrende Wagen nicht so grässlichen Lärm gemacht, so hätten Sie es selbst hören können. Ich fragte ihn so en passant: Du willst hier hinein? Er antwortete mir klar und vernehmlich: Nein.... Nun können Sie uns „Lebewohl" sagen, denn der Herr Lizentiat geht jetzt mit mir spazieren. Er ist verlegen geworden, verlegene Menschen reden gern. Ich will mit ihm über das Pfarramt sprechen, um das er sich beworben hat.... Leben Sie wohl, mein schönstes Fräulein. Jetzt müssen wir zu dem Zoll gehen. Wenn wir dann zurückkommen, sage ich zu ihm: aber es ist doch verteufelt, wie Du mich mitziehst, ich wollte in die Westergade. — — — Nun, sehen Sie, da sind wir wieder.... Ach wie treu von Ihnen! Sie stehen immer noch am Fenster. Jeder Mann muss mit einem solchen Mädchen glücklich werden.... Aber weshalb richte ich alle diese Geschichten an? Bin ich ein niederträchtiger Mensch, der sich freut, andere zum besten zu haben? Durchaus nicht. Aus Sorge für Sie thue ich es, mein liebenswürdiges Fräulein. Erstens: Sie warteten auf den Lizentiaten, sehnten sich nach ihm, und nun wird es doppelt schön sein, wenn er kommt. Zwei-

dazu kommen. Dann wäre es möglich, dass es sich gegen mich wenden könnte. Wenn sie auch nicht bereuen wird, dass sie in die Verlobung eingewilligt hat, so wird sie doch mit Leichtigkeit einsehen, dass ich einen guten Kauf gemacht habe. Sie wird einsehen, dass von ihrer Seite der Anfang nicht richtig gemacht wurde. Wenn ihr das klar wird, wird sie wagen, mir die Spitze zu bieten. So muss es werden. Dabei werde ich mich überzeugen können, wie tief sie von mir berührt wurde.

Sehr richtig. Lange schon sehe ich unten in der Strasse diesen reizenden kleinen Krauskopf, der sich so weit, als er nur kann, aus dem Fenster streckt. Der dritte Tag ist es jetzt, dass ich ihn beobachte.... Junge Mädchen stehen sicher nicht ohne Grund immer wieder am Fenster, vermutlich hat sie ganz besondere Gründe.... Aber um Gotteswillen, ich flehe Sie an, lehnen Sie sich doch nicht so schrecklich weit aus dem Fenster; ich wette zehn gegen eins, Sie stehen dabei auf einem Stuhl, man sieht es ja. Bedenken Sie, wie entsetzlich, wenn Sie nicht mir, sondern ihm, ihm auf den Kopf fallen.... Nein, wie? Seh' ich recht! Da naht sich ja mein Freund, der Lizentiat Hansen. Es liegt etwas Aussergewöhnliches in seinem Auftreten. Er braucht ein aussergewöhnliches Beförderungsmittel, sehe ich recht, er kommt auf den Flügeln der Sehnsucht. Verkehrt er im Hause? Ohne mein Wissen?....

tens: Tritt der Lizentitat nun zur Thür herein, so sagt er: „Da bin ich endlich, Gott weiss es, beinahe wären wir verraten worden, der verdammte Mensch stand unter der Thür, als ich Dich besuchen wollte! Ich aber war klug, ich fing eine lange Unterhaltung mit ihm an, und sprach gemütlich über das Amt, um das ich mich beworben habe. Ich bekam ihn bis zum Zoll mit mir. Gemerkt hat er nichts." Also nun. Sie müssen so den Lizentiaten wegen seiner Klugheit noch mehr als vorher lieben. Gewusst haben Sie es immer, dass er ein grosser Gelehrter war, aber dass er so klug war .... ja, nicht wahr, jetzt erkennen Sie es erst. Wenn Ihre Verlobung erklärt wäre, müsste ich es wissen. Schön und lieblich ist das Mädchen anzusehen, aber sie ist noch jung. Vielleicht ist ihr Verstand noch nicht reif. Könnte sie sonst einen so ernsten Schritt thun, ohne die rechte Überlegung? Man muss es verhindern. Ich will mit ihr sprechen. Ich bin es ihr schuldig, da sie ein zu liebenswürdiges Mädchen ist. Und dem Lizentiaten schulde ich es, weil er mein Freund ist, und ihr bin ich es schuldig, weil sie die Zukünftige meines Freundes ist. Ich schulde es auch der Familie, die gewiss sehr achtenswert ist, überhaupt ich schulde es der ganzen Menschheit, weil ich ein gutes Werk dadurch thue. Ganze Menschheit! Grosser, erhebender Gedanke, zu handeln im Namen der ganzen Menschheit, im Besitz einer solchen Generalvollmacht zu sein. — Jetzt zu

Cordelia zurück. Stimmung kann ich immer gebrauchen, und die schöne Sehnsucht des Krauskopf hat mich wirklich angenehm berührt.

Der erste Krieg mit Cordelia fängt jetzt also an. Der Krieg, wo ich ihr siegen lehren will, indem ich fliehe und sie mich verfolgt. Ich verhalte mich zurückziehend und so lernt sie durch mich alle Mächte der Liebe kennen, unruhige Gedanken, Leidenschaft, erkennt die Gefühle der Sehnsucht, Hoffnung und ungeduldiges Warten. Während ich so für sie figuriere, entwickelt sich bei ihr alles in entsprechender Weise. Ein wirklicher Triumphzug ist das — und ich preise ihre Siege in dithyrambischen Liedern und zeige ihr den einzigen Weg, den sie zu gehen hat. Sie muss an die Allmacht der Liebe glauben, sieht sie erst, wie ich mich ihrem Herrscherstab beuge. Sie muss mir glauben, teils weil ich meiner Kunst sicher bin, teils weil meine That auf einer tiefen Wahrheit fusst. Die Liebe erwacht auf diese Weise in ihrer Seele, und sie bekommt als Weib die erste Weihe. — Bisher habe ich noch nicht auf philiströse Weise um sie gefreit; jetzt aber thue ich es, indem ich sie frei mache und dann lieben will. Sie darf nicht ahnen, dass sie mir das verdankt, das würde ihr das Selbstvertrauen nehmen. Ist sie aber frei und fühlt es, so dass sie fast mit mir brechen möchte, dann geht erst der rechte Krieg an. Sie ist noch voll Leidenschaft und der Krieg hat für mich die Bedeutung, die unberechenbar ist. Bräche sie aus Stolz mit mir? Nun gut! Mag sie ihre Freiheit haben; mein wird sie doch. Es ist dumm, anzunehmen, dass die Verlobung sie binden könnte. Nur in Freiheit will ich von ihr Besitz nehmen. Verlässt sie mich auch, der zweite Krieg wird trotzdem beginnen, und in diesem zweiten Krieg bin ich so sicher Sieger, wie ihr erster Sieg eine Täuschung war. Wird ihre Kraft grösser, so wird es für mich um so unterhaltender. Der erste Krieg ist der Befreiungskrieg, den führe ich spielend, der zweite ein Eroberungskrieg, der geht auf Leben und Tod.

Liebe ich Dich, Cordelia? Ja! Aufrichtig? Ja! Auch treu? Ja! Treu in ästhetischer Bedeutung und das ist doch auch etwas wert. Was hätte es Dir junges Mädchen genützt, wärst Du in die Hände eines Dummkopfes von einem Ehemann geraten. Was wäre aus ihr geworden? Nichts. Man pflegt zu sagen, es gehöre mehr als Ehrlichkeit dazu, um durch die Welt zu kommen; ich möchte behaupten, mehr Ehrlichkeit gehört dazu, ein solches Mädchen zu lieben. Und doch liebe ich sie treulich. Ich bewache mich selbst streng, damit alles Verborgene in ihr, ihre grosse reiche Natur sich entfalten darf. Von Wenigen bin ich einer, die das können, unter Tausenden ist sie die Eine, die sich dazu eignet. Gehören wir also nicht für einander?

Es ist keine Sünde, wenn ich nicht den Pastor ansehen kann, sondern das schön gestickte Taschentuch, das Sie in der Hand halten? .... Es ist ein gestickter Name darauf, den ich ansehen muss,.... Charlotte Hahn ist Ihr Name? Es ist verführerisch, so plötzlich durch Zufall den Namen einer Dame zu erfahren. Hat mich ein Geist so geheimnisvoll mit Ihnen bekannt gemacht? Oder ist es mehr als ein Zufall, dass Sie das Taschentuch gerade so halten, dass ich den Namen sehen kann? .... Sie sind erregt, Sie trocknen eine Thräne in Ihrem Auge.... Schon wieder halten Sie das Taschentuch wie zufällig in Ihrer Hand. ... Sie bemerken, dass ich Sie und nicht den Pastor ansehe, Sie betrachten Ihr Taschentuch, Sie bemerkten, dass es Ihren Namen verraten hat. ... Eigentlich ist die Sache sehr unschuldig, man erfährt leicht den Namen junger Damen. ... Zerknittern Sie, bitte, das Taschentuch nicht so? Sie zürnen ihm? Sie zürnen mir? Aber hören Sie doch, was der Pastor eben sagt: Man soll seinen Mitmenschen nicht in Versuchung führen; auch der ist dafür verantwortlich, der es unwissentlich thut. Auch er steht in Schuld zu dem andern und kann seine Schuld nur durch doppeltes Wohlwollen gut machen. ... Jetzt sagt er „Amen" und vor der Kirchenthüre dürfen Sie das Taschentuch im Wind fliegen lassen .... oder ist Ihnen vor mir bang? Habe ich Ihnen etwas gethan? .... Es ist nicht mehr, als man verzeihen kann, mehr als woran Sie nicht wagen dürften, sich zu erinnern — um mir zu vergeben.

In meinem Verhältnis zu Cordelia muss ich eine Doppelbewegung herbeiführen. Weiche ich immer nur vor ihrer Übermacht, dann würde das Erotische bei ihr zu dissolut werden, als dass die tiefere Weiblichkeit sich hypostarieren könnte. Sie würde auch dann im zweiten Krieg keinen Widerstand mehr leisten. Sie geht jetzt zwar träumend ihrem Sieg entgegen, wie es sein muss, doch muss sie auch immer wieder geweckt werden. Wenn es einen Augenblick scheint, als würde ihr der Siegerlorbeer entwunden, dann muss sie daraus lernen, mit erneuter Macht in den Kampf zu ziehen. So wird ihre Weiblichkeit reif. Was thut man dann. Mit Unterhaltung könnte ich sie anfeuern, und durch Briefe wieder abwehren, oder umgekehrt. Vorzuziehen ist letzteres. Mir gehören dann ihre herrlichsten Augenblicke. Hat sie eine Epistel erhalten, ist ihr deren süsses Gift ins Blut gedrungen, dann genügt ein Wort, um die Liebesglut zu entflammen. Gleich darauf rufe ich durch Ironie wieder Zweifel hervor, aber immer noch muss sie sich als Siegerin behaupten, und das noch mehr beim Anfang des darauffolgenden Briefes. Für Briefe passt aber die Ironie sehr schlecht, ausserdem wird sie auch zu leicht missverstanden. Anderseits empfiehlt es sich nicht, bei einer Unterhaltung in schwärmerische

Ekstase zu geraten. Bin ich in einem Brief bei ihr, dann kann sie mich leicht tragen, und sie verwechselt mich bis zu einem gewissen Grade mit dem universellen Wesen, das in ihrer Liebe lebt. In einem Brief kann man sich auch mit grösserer Leichtigkeit bewegen, in einem Brief kann ich mich ihr herrlich zu Füssen werfen u. s. w., was sonst verrückt aussehen würde. Thäte ich es persönlich, so ginge alle Illusion dabei verloren. Der daraus entstehende Widerspruch dieser Bewegungen, die Doppelbewegung, ruft die Liebe in ihr hervor und entwickelt sie, stärkt und konsolidiert, mit einem Wort: führt sie in Versuchung. —
Zuerst dürfen diese Episteln nicht zu erotisch gefärbt sein, sondern müssen einen allweltlichen Stempel tragen, manche Winke enthalten, manche Zweifel aufheben. Dazwischen deute ich an, dass eine Verlobung grosse Vorzüge hat, dann wieder darf es nicht an Hinweisen fehlen, dass eine Verlobung voll grosser Unvollkommenheiten ist. Im Hause meines Onkels ist eine Karrikatur von mir, diese muss immer an meiner Seite spazieren. Wenn ich sie mit dieser quäle, bereut sie es bald, dass sie sich verlobt hat, und doch darf sie mir keinen Vorwurf machen, dass ich diese Gefühle in ihr hervorgerufen habe.
Heute werde ich ihr mit einer kleinen Epistel einen Wink geben, und ihr das eigene Innere ihrer selbst entdecken, indem ich die Gefühle meines Herzens

beschreibe. So ist die Methode recht, und ich habe
Methode. Ihr lieben Mädchen, euch danke ich meine
Methode. Euch, die ich früher geliebt habe. Euch
ist die Ehre. Junge Mädchen sind geborene Lehrerinnen, und wenn man auch nichts anderes von
ihnen lernen kann, als das, wie sie betrogen werden wollen, — denn das lernt man vorzüglich von
den Mädchen selbst. Mag ich noch so alt werden,
das vergesse ich nie, dass ein Mensch erst dann
am Ende ist, wenn er so alt ist, dass ihm ein
junges Mädchen nichts mehr lehren kann.

Meine Cordelia!
Du sagst, Du hättest Dir mich anders vorgestellt?
Aber hätte ich mir je träumen lassen, dass ich
anders werden könnte? Ist in Dir die Veränderung
oder in mir? Es könnte ja sein, ich habe mich
nicht verändert, Dein Auge aber kann sich geändert
haben, das mich jetzt anders anschaut. Oder liegt
die Veränderung doch bei mir? Sie liegt bei mir,
da ich Dich liebe; sie liegt auch bei Dir, weil Du
es bist, die ich liebe. Ich betrachtete alles mutig
und stolz mit dem kalten, ruhigen Licht meines
Verstandes, und Schrecken kannte ich nie; hätten
Geister an meine Thür geklopft, ich hätte auch einem
Gespenst ruhig aufmachen können. Aber nicht Geistern
der Nacht, nicht bleichen blutlosen Gespenstern habe
ich die Thür geöffnet, sondern Dir, meiner Cordelia;
und mit Dir trat Leben, Jugend und Gesundheit zu

mir. Der Arm zittert mir, ich kann das Licht nicht ruhig in der Hand halten, ich muss vor Dir fliehen und kann doch mein Auge nicht vor Dir schliessen. Ja, Du sagst es, ja, ich bin verändert; aber ich weiss nicht, was alles dies eine Wort in sich schliessen kann, ich weiss es nicht, ich weiss nur, ich kann kein reicheres Prädikat gebrauchen, und ich muss unendlich geheimnisvoll zu mir selbst sagen: „Ich bin verändert."

Dein Johannes

Meine Cordelia!
Die Liebe liebt das Geheimnisvolle — aber eine Verlobung heisst eine Offenbarung; die Liebe liebt das Schweigen — aber eine Verlobung ist eine Bekanntmachung; Liebe liebt leises Flüstern — eine Verlobung ist eine laute Kundgebung; und doch, eine Verlobung kann durch die Kunst meiner Cordelia ein köstliches Mittel werden, Feinde zu betrügen. In einer dunkeln Nacht ist auf dem Meere nichts gefährlicher, als wenn ein Schiff eine Laterne aushängt, die führt mehr irre als die Finsternis.

Dein Johannes

Sie sitzt am Theetisch auf dem Sofa, ich neben ihr, sie hat ihren Arm unter den meinen geschoben und legt den Kopf gedankenschwer auf meine Schulter. So nah ist sie mir, und doch so fern, sie giebt sich mir und ist doch nicht mein. Noch ist ein Wider-

stand da. Aber dieser ist nicht subjektiv, sondern reflektiert, er ist der gewöhnliche Widerstand des Weiblichen, denn es ist des Weibes Wesen, sich unter der Form des Widerstandes hinzugeben.
Sie sitzt im Sofa am Theetisch, ich an ihrer Seite. Ihr Herz klopft, aber ohne Leidenschaft, der Busen bewegt sich, aber ohne Unruhe, sie wechselt zuweilen die Farbe, aber in kaum merklichen Übergängen. Ist das Liebe? Nein. Sie hört zu und versteht. Sie hört dem geflügelten Wort zu und sie versteht es. Sie hört der Rede eines anderen zu, und versteht sie wie ihre eigene Rede, sie hört der Stimme zu, die in ihrem Herzen Widerhall findet, und sie versteht diesen Widerhall, als ob es ihre eigene Stimme wäre, als würde ihr Geheimnis vor ihr und einem andern offenbart. — — —
Was soll ich thun? Soll ich sie bethören? Sicher nicht. Es würde mir nicht nützen. Soll ich ihr Herz stehlen? Auch nicht. Ich habe es lieber, dass das Mädchen, welches ich liebe, ihr Herz behält. Was soll ich denn thun? Ich forme mir ein Herz, dem ihrigen ähnlich. Ein Künstler malt seine Geliebte zu seiner Freude, ein Bildhauer meisselt sie, ich thue das auch, aber geistig. Sie weiss es nicht, dass ich dieses Bild besitze, darin liegt dann der Betrug. Ich habe es mir heimlich verschafft und in diesem Sinn habe ich ihr Herz gestohlen, wie es von Rebekka heisst, sie stahl das Herz des Laban, indem sie ihm böswillig seine Hausgötter raubte.

Umgebung und Rahmen eines Bildes sind von grosser Bedeutung, sie prägen sich ebenso wie das Bild tief und fest in die Erinnerung ein, zugleich in die ganze Seele, und sind nicht zu vergessen. Mag ich noch so alt werden, Cordelia werde ich mir niemals anders als von diesem kleinen Zimmer eingerahmt denken können. Wenn ich zum Besuch komme, führt mich die Magd in den Saal, sie selber eilt aus ihrem Zimmer, und schliesse ich die Saalthüre auf, um in das Wohnzimmer zu kommen, so öffnet sie die andere Thüre und unsere Augen begegnen sich gleich in der Thür.

Das Wohnzimmer ist nur klein, aber sehr behaglich, es ist fast nur ein Kabinett. Ich habe es von verschiedenen Punkten aus betrachtet, aber am liebsten sehe ich es vom Sofa aus. Dort sitzt sie neben mir, denn der runde Theetisch steht da, auf dem liegt eine schöne Tischdecke in reichen Falten. Eine Lampe steht auf dem Tisch, die hat eine Blumenform, eine Blume, die sich voll und kräftig öffnet und ihre Krone trägt, darüber hängt wieder ein fein ausgeschnittener Schleier, er bewegt sich fortwährend, so leicht ist er. Die Lampenform erinnert an eine Blume aus dem Orient, und die Bewegung des Schleiers an die milde Luft jenes Landes. In manchen Augenblicken lasse ich die Lampe das Leitmotiv meiner Landschaft sein, und ich sitze mit ihr auf dem Erdboden unter der Lampenblume. Ein anderes Mal leitet mich ein Teppich, er ist von einer eigenen Art von Weiden, die weither kommen und mich dabei in ein Schiff, in eine Offizierskajüte führen, wir segeln dann auf hohem Ozean. Da wir vom Fenster weit fortsitzen, so schauen wir unmittelbar in den leeren Himmel.

Das erhöht die Illusion. Sitze ich so an ihrer Seite, so tauchen diese Bilder, flüchtig über die Wirklichkeit hineilend, vor mir auf, und ich sehe sie unsichtbar wie den Tod über einem Grab.

Die Umgebung ist besonders sehr wichtig für die Erinnerung. Jedes erotische Verhältnis muss so durchlebt werden, dass man sich leicht ein Bild davon machen kann, das alles Schöne darin in sich schliesst. Damit das gelingt, muss man auf die Umgebung besonders aufmerksam sein. Wenn diese nicht nach Wunsch ist, muss sie dazu gemacht werden. Für Cordelia und ihre Liebe passt die Umgebung vortrefflich. Welch anderes Bild zeigt sich mir nicht, wenn ich an meine kleine Emilie denke und doch wie gut hat die Umgebung auch da gepasst. An sie kann ich nur denken, oder richtiger ihrer kann ich mich nur in dem kleinen Zimmer nach dem Garten zu erinnern. Die Thüren standen offen, ein kleiner Garten vor dem Haus begrenzte die Aussicht, zwang das Auge anzustossen, stehen zu bleiben, ehe es mit dreistem Mut der Landstrasse folgte, die in der Ferne verschwand. Emilie war entzückend, nur unbedeutender als Cordelia. Die Umgebung war auch daraufhin berechnet.

Das Auge hielt sich an der Erde, es stürmte nicht kühn und ungeduldig vorwärts, es ruhte auf dem kleinen Vordergrund. Und wenn sich auch die Landstrasse romantisch in der Ferne verlor, es wirkte doch mehr, so dass das Auge die Strecke durchlief, die es vor sich hatte, und dann wieder zurückkehrte, um dieselbe Strecke nochmals zu durchlaufen. Das Zimmer lag zu ebener Erde. Das Milieu von Cordelia darf keinen Vordergrund haben, nur die unendliche Kühnheit des Horizontes. Sie darf sich nicht an der Erde befinden, sie muss schweben, nicht gehen, sondern fliegen, nicht hin und her, sondern ewig vorwärts.

Wenn man selbst verlobt ist, wird man mehr als genug in die Narrheiten der Verlobten eingeweiht. Vor einigen Tagen tauchte der Lizentiat Hansen mit dem liebenswürdigen jungen Mädchen auf, mit dem er sich verlobt hat. Er vertraute mir, dass sie entzückend war, was ich vorher wusste, weiter vertraute er mir, dass er sie gerade deswegen gewählt hatte, um sie zu dem Ideal auszubilden, das ihm immer vorgeschwebt hatte. Mein Gott, so ein schmutziger Theologe, — und so ein frisches, blühendes, lebensfrohes junges Mädchen! Ich, der ich doch ein recht alter Praktikus bin, ich nähere mich nie anders einem jungen Mädchen, als wie der anbetungswerten Hostie der Natur und lerne erst von ihr.

Der Fall, dass ich eine bildende Wirkung auf sie

ausüben kann, besteht nur darin, dass ich ihr wieder zurückgebe, was ich von ihr gelernt habe.

Ihre Liebe muss gerührt werden, nach allen Richtungen hin bewegt, doch nicht stückweise hin und her geworfen werden, sondern ganz und gar. Sie muss das Unendliche entdecken, erfahren, dass gerade das dem Menschen am nächsten liegt. Das muss sie nicht durch den Gedanken entdecken, der für sie ein Umweg ist, sondern durch die Phantasie, die für sie die eigentliche Verbindung zwischen ihr und mir ist, denn das, was bei dem Mann ein Teil ist, ist bei der Frau das Ganze. Es ist nicht auf dem mühsamen Weg des Gedankens, dass sie sich zum Unendlichen emporarbeiten soll, denn das Weib ist nicht zur Arbeit geboren, sie muss das Unendliche auf dem leichten Weg des Herzens ergreifen. Das Unendliche ist für ein junges Mädchen gerade so natürlich, wie die Vorstellung, dass alle Liebe glücklich ist. Ein junges Mädchen hat, wohin sie sich wendet, die Unendlichkeit um sich, und der Übergang ist ein Sprung, aber ein weiblicher Sprung, kein männlicher. Wie plump sind nicht die Männer im allgemeinen! Wenn sie einen Sprung machen wollen, müssen sie Anlauf nehmen, lange Vorbereitung treffen, die Entfernung mit dem Auge messen, mehrmals vorlaufen, um wieder zurückzuscheuen, und wieder zurückzukehren. Endlich springen sie und fallen hin. Ein junges Mädchen springt anders. In Gebirgsgegenden trifft man oft zwei vorspringende Felsenspitzen. Ein Abgrund, in den es schauerlich hineinzublicken ist, trennt sie. Kein Mann wagt diesen Sprung. Ein junges Mädchen dagegen, so erzählen die Bewohner der Gegend, hat ihn gewagt und man nennt ihn deshalb den Jungfernsprung. Ich glaube es gern, so wie ich gern alles Grosse von einem jungen Mädchen glaube, und es berauscht mich, wenn ich das einfältige Volk davon sprechen höre. Ich glaube alles, glaube sogar das Wunderbare, nur um glauben zu dürfen, dass das einzige und letzte auf der Welt, worüber ich immer wieder erstaunen muss, junge Mädchen sind. Für ein junges Mädchen ist so ein Sprung nur ein Schritt, während der Sprung eines Mannes immer durch den gewaltsamen Anlauf und durch den übergrossen Kraftaufwand, der nicht im Verhältnis zur Entfernung der zwei Bergspitzen steht, lächerlich wird. Wer wäre auch so dumm, je zu glauben, ein junges Mädchen könnte einen Anlauf nehmen? Springend kann man sie sich freilich vorstellen, aber dann ist dieses Springen nur ein Spiel, ein Genuss, sich graziös zu zeigen, wogegen die Vorstellung, Anlauf zu nehmen, sich von dem trennt, was der Frau eigen ist. Ein Anlauf hat nämlich das Dialektische in sich, was gegen die Natur des Weibes ist. Ihr Sprung ist ein Schweben. Und wenn sie auf die andere Seite gekommen ist, dann steht sie nicht matt vor Anstrengung dort, nein, schöner als sonst, seelenvoller, und sie wirft zu

uns, die wir auf der anderen Seite stehen, einen Kuss herüber. Jung, neugeboren wie eine Blume, die mit den Wurzeln am Berg aufgeschossen ist, schaukelt sie über die Tiefe hinaus, dass es uns beinahe schwarz vor den Augen wird.
Sie muss lernen, die Bewegungen der Unendlichkeit zu machen, sich selbst zu schaukeln, sich in Stimmung zu wiegen, Poesie und Wirklichkeit zu verwechseln, Wahrheit und Dichtung, sich in Unendlichkeit taumeln. Wenn sie mit diesem Taumel vertraut geworden ist und das Erotische dann dazu kommt, dann ist sie, was ich will und wünsche. Dann ist mein Dienst, meine Arbeit aus, dann ziehe ich alle meine Segel ein, ich setze mich an ihre Seite, und wir fahren mit ihren Segeln. Und ist dies junge Mädchen einmal erotisch berauscht worden, so werde ich wahrhaftig genug damit zu thun haben, bei dem Ruderer zu sitzen und die Fahrt zu moderieren.
Cordelia fühlt sich in meines Onkels Haus sehr ungemütlich. Oft hat sie mich gebeten, es nicht mehr betreten zu müssen, aber es hilft nichts, Entschuldigungen weiss ich immer wieder zu erfinden. Gestern Abend gingen wir von dort nach Hause und sie drückte meine Hand mit ungewöhnlicher Leidenschaft. Wahrscheinlich hat sie drinnen grausam gelitten, und das ist kein Wunder. Wenn es mich nicht im höchsten Grade amüsierte, die Affektiertheit und Unnatürlichkeit

zu beobachten, würde ich auch nicht dort aushalten.

Meine Cordelia!
Was ist Sehnsucht? Die Dichter klagen, dass sie von ihr gefangen gehalten werden. Wie unnatürlich ist das? Als wenn nur der sich sehnen könnte, der gefangen sitzt! Als wenn man sich nicht sehnen könnte, wenn man frei ist! Angenommen, ich sei frei, wie würde ich mich nicht sehnen! Übrigens bin ich ja frei, frei wie der Vogel, und wie sehne ich mich nicht. Ich sehne mich nach Dir, wenn ich zu Dir eile; ich sehne mich nach Dir, wenn ich Dich verlasse, ja, ich sehne mich selbst, wenn ich neben Dir sitze. Wenn man etwas besitzt, wie kann man sich denn darnach sehnen! Ja, nur wenn einem einfällt, man könnte es im nächsten Augenblick verlieren. Meine Sehnsucht ist ewige Ungeduld. Wäre ich durch alle Ewigkeiten gereist, und hätte mich versichert, Du gehörst mir jeden kleinsten Augenblick, dann erst möchte ich zu Dir zurückkehren und mit Dir alle Ewigkeiten durchleben.
Ich würde zwar nicht Geduld genug besitzen, von Dir einen einzigen Augenblick getrennt zu sein, ohne mich zu sehnen, doch Geduld genug, um an Deiner Seite ruhig zu sitzen.

Dein Johannes

Meine Cordelia!

Ein kleiner Wagen hält vor der Thür, der Wagen scheint mir aber grösser als die ganze Welt, da er für zwei gross genug ist. Zwei Pferde, wie Naturkräfte wild, sind vorgespannt, sie sind ungeduldiger als meine Leidenschaften, kühner als meine Gedanken. Willigst Du ein, so entführe ich Dich, Cordelia! Befiehl mir, und ich werde Dir gehorchen. Ich entführe Dich, nicht von Menschen zu Menschen, ich entführe Dich aus der Welt hinaus, — die Pferde steigen empor, der Wagen hebt sich hoch in die Lüfte, wir fahren durch die Wolken in den Himmel. Es rauscht und braust um uns, sitzen wir so still, oder bewegt sich die ganze Welt, oder ist es unser gewagter Flug? Wird Dir schwindelig, meine Cordelia, halte Dich an mich an, mir ist nicht schwindelig. Kann man geistig an einem festen Gedanken haften, so schwindelt einem nie und ich denke nur an Dich, und körperlich wird man nicht schwindelig, wenn man das Auge auf einen Gegenstand richtet, und ich sehe nur Dich an. Cordelia, halte Dich fest an mich. Verginge die Welt, verschwände unser leichter Wagen unter uns, wir hielten einander doch in sphärischer Harmonie umschlungen.

Dein Johannes

Das war zu viel. Sechs Stunden hat mein Diener gewartet, ich selber zwei Stunden und unter Sturm und Regenschauer, das alles zu keinem andern Zweck, als um das liebe Mädchen Charlotte Hahn aufzuspüren. Sie besucht jeden Mittwoch zwischen vier und fünf Uhr eine alte Tante. Und heute gerade kam sie nicht, ich wünschte gerade heute sie so sehr gern zu treffen. Deshalb, weil sie mich immer in eine ganz besondere Stimmung versetzt. Grüsse ich sie, so verneigt sie sich so unbeschreiblich irdisch, und doch wieder so himmlisch; sie bleibt beinahe stehen, als sänke sie zur Erde, — zugleich mit einem Blick, als wünschte sie gen Himmel getragen zu werden. Mir wird gar feierlich zu Mute, wenn ich sie ansehe, und auch wieder so süss verlangend zu Mute. Sonst beschäftigt mich das Mädchen gar nicht, ich verlange nur diesen Gruss von ihr, sonst nichts weiter, auch wenn sie mir mehr geben wollte. Ihr Gruss versetzt mich in Stimmung und diese Stimmung verschwende ich an Cordelia. — Ich wette aber, dass sie uns angeführt hat. Nicht nur in den Theaterstücken, sondern auch in der Wirklichkeit ist es schwer, ein junges Mädchen zu bewachen; man muss an jedem Finger ein Auge haben. Es war einmal eine Nymphe, die hiess Cordelia, sie fand Lust daran, die Männer anzuführen. Sie hielt sich in Waldgegenden auf und lockte ihre Liebhaber in die dunkelsten Gebüsche, um dann zu verschwinden. Sie wollte auch Janus irreführen, statt dessen führte er sie irr, denn er hatte auch im Nacken Augen.

Meine Briefe verfehlen nicht ihre Wirkung. Sie verändern Cordelia seelisch, aber noch nicht erotisch. Dazu sind besser Billets, aber nicht Briefe geeignet. Je mehr das Erotische darin hervortritt, um so kürzer werden sie, um so sicherer treffen sie die erotische Pointe. Damit sie aber nicht sentimental oder schwächlich wirken, muss die Ironie die Gefühle wieder niederhalten, zugleich aber die Sehnsucht nach der Nahrung, die ihr am liebsten ist, in ihr wach halten. Durch meinen Widerstand nimmt jeder Gedanke von mir in ihrer Seele eine Gestaltung, als hätte sie selbst den Gedanken erfunden, als käme er aus den tiefsten Gefühlen ihrer Seele. Das will ich gerade, dass es so ist.

Meine Cordelia!
Irgendwo hier in der Stadt wohnt eine kleine Familie, eine Witwe mit ihren drei Töchtern. Zwei davon gehen in die königliche Küche, um das Kochen zu lernen. Es ist an einem Nachmittag, im Vorsommer, gegen fünf Uhr, als sich die Thür zum Wohnzimmer unmerklich öffnet und ein spähender Blick durch das Zimmer geht. Niemand ist da, nur ein junges Mädchen sitzt am Klavier. Die Thür bleibt angelehnt, so dass man unbemerkt horchen kann. Keine Künstlerin spielt, sonst hätte man die Thür wohl wieder geschlossen. Das junge Mädchen spielt ein schwedisches Lied, es handelt von der kurzen Dauer der Jugend und Schönheit. Die

Schönheit und Jugend des Mädchens widersprechen den Worten des Liedes. Wer hat recht, das Mädchen oder die Worte? Die Töne klingen so still, so melancholisch, als wenn die Wehmut der Schiedsrichter wäre. — Aber sie hat Unrecht, diese Wehmut! Giebt es eine Gemeinschaft zwischen dieser Jugend und diesen Betrachtungen? Hat es je Gemeinschaft zwischen Morgen und Abend gegeben? Die Tasten zittern, die Geister des Resonanzbodens heben sich in Verwirrung und verstehen einander nicht, — warum so heftig, meine Cordelia, warum diese Leidenschaft?
Wie weit muss ein Ereignis zurück sein, damit wir es nicht mehr erinnern, wie weit muss es zurück sein, damit die Sehnsucht der Erinnerung es nicht mehr greifen kann? Die meisten Menschen haben darin eine Grenze, was ihnen zu nah liegt, können sie nicht erinnern, was ihnen zu fern liegt auch nicht. Ich habe keine Grenze. Was ich gestern erlebt habe, schiebe ich tausend Jahre in der Zeit zurück und erlebe es, als wenn es gestern erlebt wäre.

         Dein Johannes

Meine Cordelia!
Vertraute meines Herzens, ich muss Dir ein Geheimnis anvertrauen. Wem könnte ich es sonst anvertrauen? Nicht dem Echo. Das würde es ausplaudern. Nicht den Sternen. Die sind zu kalt

und fern. Und nicht den Menschen. Die würden
es nicht begreifen. Dir nur darf ich es anvertrauen,
Du wirst es bewahren.
Ein Mädchen kenne ich, das ist schöner als der
Traum meiner Seele, reiner als das Licht der Sonne,
tiefer als die Quellen des Meeres, stolzer als der
Flug des Adlers — ein Mädchen kenne ich — o!
Neige mir Dein Haupt zu und Dein Ohr meiner
Rede, damit mein Geheimnis den verborgenen Pfad
zu Deinem Herzen finde — ich liebe dieses Mädchen
mehr als mein Leben, und sie ist mein Leben, mehr
als die Wünsche alle, alle, sie ist mein einziger
Wunsch; wärmer als die Sonne die Blume liebt,
inniger lieb ich sie als das Leid die bekümmerte
Seele in ihrer Einsamkeit liebt, sehnsuchtsreicher
liebe ich sie als der glühende Wüstensand den Regen
liebt, — ja, zärtlicher als ein Mutterauge liebt, das auf
dem Kinde ruht; und vertrauensreicher als eines
Betenden Seele zu Gott schaut und unzertrennlicher
als eine Pflanze an ihre Wurzeln gebunden ist.
Schwer und gedankenvoll wird Dein Haupt, es sinkt
auf die Brust nieder, der Busen hebt sich und will
ihm zu Hilfe kommen, — meine Cordelia! Du verstehst
mich. Willst Du dieses Geheimnis behalten?
Darf ich es Dir vertrauen? Man sagt, Menschen,
welche durch furchtbare Verbrechen aneinander gefesselt
wurden, sie haben sich ewiges Schweigen
gelobt. Ich habe Dir das Geheimnis anvertraut, das
meinem Leben und dem ganzen Reichtum meines

Lebens gleichkommt. Hast Du nicht auch mir ein Geheimnis anzuvertrauen? Etwas Bedeutungsvolles, das so keusch und schön ist, dass nur übernatürliche Kräfte es mir entreissen könnten?

Dein Johannes

Meine Cordelia!
Dunkle Wolken sind am Himmel — die dunklen Gewitterwolken sind die schwarzen Augenbrauen des leidenschaftlichen Himmelsgerichtes, die Waldbäume bewegen sich, werden sie von unruhigen Träumen gefoltert und verfolgt? Im Wald habe ich Dich aus den Augen verloren. Ich sehe jetzt hinter allen Bäumen weibliche Wesen, die Dir ähnlich sind; und komme ich näher, so sind sie hinter dem nächsten Baum verschwunden. Willst Du Dich nicht zeigen und hervortreten? Es verwirrt sich alles um mich; die verschiedenen Waldteile verlieren ihre knappen Umrisse, alles erscheint mir ein Nebelmeer, weibliche Wesen tauchen darin auf und tauchen unter, und alle sind Dir ähnlich. Dich selbst sehe ich nicht, aber ich bin schon glücklich, dass ich nur an Dich erinnert werde. Woran liegt es? — Liegt es an der reichen Einheit Deines Wesens, oder an der armen Mannigfaltigkeit meines Wesens? — Heisst es nicht eine Welt lieben, wenn man Dich liebt?

Dein Johannes

Wahrhaftig, es müsste, wenn es möglich wäre, sehr interessant sein, alle Gespräche zwischen Cordelia und mir wiederzugeben. Doch ich muss es einsehen, das ist eine Unmöglichkeit; wenn ich mich auch jedes Wortes erinnere, man kann das doch nicht so wiedergeben, wie der eigentliche Nerv jeder Unterhaltung ist, überraschende Gefühlsausbrüche, Leidenschaftlichkeiten, welche den Lebensinhalt einer Konversation bilden. Ich bereite mich gewöhnlich nicht für eine Konversation vor, denn das würde gegen das Wesen einer Konversation, besonders gegen das Wesen einer erotischen Konversation sein. Aber ich habe den Inhalt meiner Briefe immer „in mente" und die Stimmung, die ein solcher Brief hervorgerufen hat, vergegenwärtige ich mir und behalte sie im Auge. Niemals frage ich sie, ob sie meine Briefe liest, auch vermeide ich jedes direkte Gespräch über dieselben, doch in meinen Gesprächen lasse ich mir geheime Verbindungen, die ich daran knüpfen kann, nicht entgehen, teils um den einen oder den andern Eindruck noch fester in ihre Seele einzuprägen, teils um ihr manches wieder zu nehmen und sie in Verwirrung zu bringen. Liest sie den Brief dann nochmals, so wird sie wieder einen neuen Eindruck haben.

Es ist mit ihr eine Veränderung vorgegangen und geht immer noch vor. Wollte ich ihren jetzigen Seelenzustand bezeichnen, ich würde ihn kühn pantheistisch nennen. Ihr Blick verrät es sofort. Er

ist dreist, beinahe dummdreist vor Erwartung, als verlangte er jeden Augenblick und sei bereit, das Übersinnliche zu schauen. Wie ein Auge, das über sich selbst hinausschaut, so sieht dieser Blick über das hinaus, was sich unmittelbar davor zeigt, und sieht das Wunderliche. Zugleich ist etwas Träumerisches und Bittendes in ihr und sie ist nicht mehr so stolz und gebieterisch wie früher. Sie scheint etwas Wunderbares ausserhalb ihres Ich's zu suchen und bittet, es möge sich ihr offenbaren, als ob sie es nicht selbst herbeizaubern könnte. Aber ich muss das hindern, sonst haben wir einen zu frühen Sieg. Gestern sagte sie mir, in meinem Wesen sei etwas Königliches. Möchte sie sich vielleicht vor mir beugen? Nein, das darf durchaus nicht sein.
Sicher, meine Cordelia, Königliches ist in meinem Wesen, doch ahnst Du nicht, wie mein Reich ist, in dem ich Herrscher bin. Es sind die Stimmungsstürme, die ich regiere. Wie Äolus habe ich diese Stürme in den Berg meiner Person eingeschlossen, bald lasse ich den einen, bald den anderen hervorbrechen. — —
Dass ich ihr schmeichle, wird ihr Selbstbewusstsein geben, der Unterschied zwischen Mein und Dein wird ihr begreiflich gemacht, und alles auf ihre Seite gelegt. Man muss äusserst vorsichtig sein, um gut schmeicheln zu können. Zuweilen muss man sich selbst hoch hinstellen, aber doch so, dass es noch einen höheren Platz giebt, zuweilen muss man sich selbst niedrig machen.

Sie schuldet mir nichts? Nein. Sollte ich es wünschen, dass sie mir etwas schuldete? Nein, sicher nicht. Ich bin ein zu guter Kenner, habe zu viel Erfahrungen im Erotischen gemacht, um solch unerfahrenen Gedanken nachhängen zu können. Jedes junge Mädchen ist, was das Labyrinth ihres Herzens betrifft, eine Ariadne; sie hat den Faden, der sie führen könnte, in der Hand, aber sie versteht ihn nicht anzuwenden.

Meine Cordelia!
Befiehl — ich gehorche, was Du wünschst, ist mir Gebot; mit jeder Bitte, die von Deinen Lippen kommt, bindest Du mich zu Deinem Sklaven; auch der flüchtigste Wunsch Deines Herzens ist eine Wohlthat für mich; denn nicht wie ein dienender Geist will ich Dir gehorchen; gebietest Du, bekommt Dein Wille Leben, so lebe auch ich; denn ich bin das Chaos Deiner Seele, und ich erwarte Dein Wort, damit es Licht wird.

Dein Johannes

Meine Cordelia!
Du weisst, ich liebe mit mir selbst zu sprechen. Die interessanteste Person meiner Bekanntschaften habe ich in mir selbst gefunden. Manchmal musste ich fürchten, der Stoff würde mir bei meinen Selbstgesprächen ausgehen; jetzt habe ich nicht mehr diese Furcht, ich habe jetzt Dich. In alle Ewigkeit

spreche ich nun mit mir von Dir, und spreche so von dem interessantesten Gegenstand zu dem interessantesten Menschen — ach, ich bin nur ein interessanter Mensch, Du aber der interessanteste Gegenstand.

Dein Johannes.

Meine Cordelia!
Du glaubst, ich hätte Dich erst so kurze Zeit geliebt, und Du scheinst beinahe zu fürchten, ich könnte schon früher geliebt haben. Handschriften giebt es, in welchen das vom Glück begünstigte Auge ältere Züge erkennt, die durch unbedeutende Thorheiten zurückgedrängt wurden und fast unsichtbar lebten. Durch Ätzmittel wird die spätere Schrift beseitigt und nun kommt die älteste Schrift klar und sichtbar hervor. Für ewig möge alles vergessen sein, was nicht Dich betrifft. Dein Auge hat mich gelehrt, mich in Dir zu finden. Siehe, ich entdeckte eine uralte und zugleich göttliche, neue Urschrift, ich entdeckte meine Liebe zu Dir, die ebenso alt ist wie ich selber.

Dein Johannes

Meine Cordelia!
Ein Reich, das mit sich selbst im Streit liegt, wie soll das weiterbestehen? Wie soll ich weiterbestehen, der ich mit mir selbst streite. Meine Cordelia, Du bist es, um die ich streite, um vielleicht in dem Gedanken, dass ich in Dich verliebt bin, Ruhe zu

finden. In meinem Herzen wütet ein Streit und meine
Seele wird von ihm verzehrt.

Dein Johannes

Fliehst Du, mein kleines Fischermädchen, verbirgst
Du Dich zwischen den Bäumen? Hebe Deine Bürde
auf! Wie siehst Du hübsch aus, jetzt, wenn Du Dich
zur Erde biegst, selbst in diesem Augenblick bist
Du noch voll natürlicher Grazie. Wie bei einer
Tänzerin verraten sich die Formen in ihrer Schönheit — die Taille schmal, die Brust breit, der Wuchs
schwellend, jeder muss es zugeben. Glaubst Du,
das sind Kleinigkeiten, Du glaubst, dass vornehme
Damen schöner seien? Mein Kind, weisst Du nicht,
die Welt ist so falsch. Wandere nun mit Deiner
Bürde und gehe tiefer in den ungeheuren Wald;
viele, viele Meilen zieht er sich hin bis zu den
blauen Bergen. Bist Du vielleicht gar kein Fischermädchen, vielleicht eine verzauberte Prinzessin;
bist Du gezwungen, einem Zauberer zu dienen, er
ist so grausam und lässt Dich im Wald Holz suchen.
So heisst es in den Märchen. Weshalb gehst Du
denn immer tiefer in den Wald? Wenn Du ein
wirkliches Fischermädchen bist, dann musst Du an
mir vorüber gehen zum Dorf hinunter. —
Geh nur diesen Pfad weiter, der sich spielend durch
die Bäume schlingt, mein Auge findet Dich immer
wieder, und sieh Dich manchmal nach mir um, mein
Auge begleitet Dich; würdest Du mich rufen, locken,

Du könntest mich nicht bewegen, es reisst mich keine Sehnsucht hin, ruhig bleibe ich hier am Graben sitzen und rauche meine Cigarre. — Vielleicht — ein anderes Mal. Vielleicht —

Wie schelmisch Dein Blick ist, wenn Du so den Kopf zurückwendest; Dein Gang ist verführerisch leicht — ich weiss es, ich ahne es, Dein Weg führt Dich — tief in den einsamen Wald, weil es so geheimnisvoll still dort ist, dort, wo nur die fremden Bäume flüstern. Siehe, selbst der Himmel zieht mit Dir, er geht in die Wolken hinein, er bedeckt die Waldtiefe mit Dunkel, als liesse er einen Vorhang zwischen uns fallen.

Lebe wohl, hübsches Fischermädchen, lebe wohl, nimm Dank für Deine freundliche Erscheinung, ein schöner Augenblick war es, eine Stimmung, so stark zwar nicht, um mich von meinem Sitz am Graben aufzustören, aber doch an innerem Erleben reich.

Meine Cordelia!

Könnte ich Dich vergessen! Kann meine Liebe ein Gedächtniswerk sein? Wenn die Zeit alles auf ihren Tafeln auslöschte, alles, und auch das Gedächtnis, ich würde immer dasselbe Verhältnis zu Dir fühlen. Vergessen wärst Du nie.

Kann ich Dich jemals vergessen! Woran sollte ich mich überhaupt dann noch erinnern? Ich habe ja mich selbst vergessen, um an Dich zu denken; könnte ich Dich vergessen, so würde ich an mich

denken müssen, aber Dein Bild würde im gleichen Augenblick wieder vor meine Seele treten!
Wenn ich Dich vergessen würde! Was sollte da geschehen? Aus alten vergangenen Zeiten hat man noch ein Bild. Ariadne ist es, die von ihrem Lager aufspringt, ängstlich sieht sie einem Schiff nach, das mit geschwellten Segeln enteilt. An ihrer Seite steht Gott Amor, den Bogen in der Hand, der Bogen ist ohne Sehne und er trocknet die Thränen in seinen Augen. Eine weibliche Figur steht hinter ihr, an den Schultern Flügel und auf dem Kopf einen Helm. Gewöhnlich wird angenommen, diese letztere sei die Nemesis.
Betrachte es Dir, dies Bild, wir wollen es nur ein wenig verändern, Amor soll nicht weinen und sein Bogen soll die Sehne noch haben. Oder bist Du nicht so, ebenso schön oder keine ebenso grosse Siegerin, weil ich ein Wahnsinniger aus Liebe wurde? Amor soll lächeln und den Bogen spannen. Die Nemesis auch, sie soll nicht unthätig bei Dir stehen und den Bogen spannen. Man sieht auf dem alten Bild eine männliche Gestalt im Schiff, die ist mit einer Arbeit beschäftigt. Man glaubt, das ist Theseus. Auf meinem Bild ist es anders. Er steht am Hintersteven, sehnsuchtsvoll schaut er zurück, die Arme ausgebreitet, er bereut, oder besser, der Wahnsinn hat ihn verlassen, aber das Schiff führt ihn fort. Sowohl Amor als Nemesis zielen, ein Pfeil fliegt, sie treffen, man sieht und versteht,

beide treffen sein Herz, es bedeutet, dass seine Liebe die Nemesis war.

Dein Johannes

Meine Cordelia!
Man hat von mir gesagt, dass ich in mich selbst verliebt sei. Es wundert mich nicht. Denn ich liebe ja nur mich selbst, weil ich in Dich verliebt bin, denn ich liebe Dich, nur Dich allein, und alles, was Dir gehört, und darum muss ich mich selbst lieben, weil mein Ich Dir gehört. Ich würde, wenn ich mich selbst nicht mehr liebte, Dich nicht mehr lieben. In den Augen der Welt mag das ein Ausdruck des grössten Egoismus sein, vor Deinen eingeweihten Blicken soll es der Ausdruck reinster Sympathie werden, für Deine geheiligte Art zu sehen wird es der Ausdruck der hinreissendsten Vernichtung des Ich's werden.

Dein Johannes

Ich habe gefürchtet, die ganze Entwicklung würde lange Zeit beanspruchen, ich sehe jetzt, Cordelia macht ausserordentliche Fortschritte; ich muss jetzt schon alles in Bewegung bringen, um sie fortgesetzt im Atem zu halten, sie darf um alles in der Welt nicht zu früh matt werden, das heisst, nicht vor der Zeit, bis die Zeit für sie vorbei ist.

Liebt man, so folgt man nicht der Landstrasse, nur

die Ehe liegt mitten auf dem Königsweg. Wenn man liebt, geht man keine gepflügten Wege; die Liebe macht sich am liebsten ihre eigenen Wege. Man dringt tiefer in den Wald. Und wenn man Arm in Arm geht, versteht man einander, dann wird das klar, was vorher dunkel schmerzte und erfreute, man ahnt nicht, dass noch jemand gegenwärtig ist.
Diese schöne Buche wurde also Zeuge Euerer Liebe, unter ihrem Wipfel gestandet Ihr Euch zum ersten Mal einander Eure Liebe. Alles erinnertet Ihr Euch da so deutlich, wie Ihr Euch zum ersten Mal gesehen, wie Ihr Euch zum ersten Mal beim Tanz die Hände drücktet, wie Ihr gegen Morgen auseinander gegangen seid, als Ihr Euch selbst nichts eingestehen wolltet und anderen noch weniger.
Es ist doch sehr angenehm, bei diesen Repetitorien der Liebe Zuhörer zu sein. Sie sanken unter dem Baum auf die Kniee, sie schworen einander unerschütterliche Liebe, sie besiegelten den Bund mit dem ersten Kuss. —
Dieses sind furchtbare Stimmungen, die ich auch für Cordelia anwenden muss.
Diese Buche wurde also Zeuge. Ach ja, eine Buche ist ein ganz geeigneter Zeuge. Doch ist es zu wenig. Sie meinen freilich, dass der Himmel auch Zeuge sei, aber der Himmel so ohne Weiteres ist eine sehr abstrakte Idee. Deswegen, sehen Sie, gab es auch noch einen anderen Zeugen.

Soll ich aufstehen und Sie meine Gegenwart merken lassen? Nein, vielleicht wissen Sie, wer ich bin, und dann ist das Spiel verloren. Sollte ich, indem Sie fortgehen, mich erheben und Ihnen so begreiflich machen, dass jemand da war? Das wäre nicht zweckmässig. Über Eurem Geheimnis soll Schweigen ruhen — so lange ich es will. Sie sind in meiner Macht, ich kann sie trennen, wenn ich es will. Ich kenne ihr Geheimnis. Habe ich es durch ihn oder durch sie zu wissen bekommen? Durch sie, das wäre unmöglich, — also durch ihn — das ist abscheulich! Bravo! Und es ist beinah satanisch. Nun, wir werden sehen! Kann ich einen bestimmten Eindruck von ihr bekommen, wie ich ihn sonst nicht erhalten kann, einen normalen Eindruck, so wie ich es wünsche, ja, dann ist nichts zu ändern.

Meine Cordelia!
Ich bin arm — Du mein Reichtum, in der Finsternis — Du mein Licht; ich besitze nichts und bedarf nichts. Wie sollte ich je besitzen können? Ein Widerspruch wäre es, besitze ich mich nicht selber, so kann ich auch nichts besitzen. Glücklich wie ein Kind bin ich, das nichts weiss und nichts besitzt. Nichts besitze ich, nur Dir gehöre ich an, und habe aufgehört zu sein, um Dein zu sein.

Dein Johannes

Meine Cordelia!
Mein — was will das sagen? Nicht das, was mir gehört, sondern das, dem ich angehöre. Mein Gott bedeutet doch nicht der Gott, der mir gehört, sondern Gott, dem ich gehöre, ebenso wenn ich sage: mein Vaterland, mein Heimatland, mein Beruf, mein Sehnen, mein Hoffen. Hätte es bis heute noch keine Unsterblichkeit gegeben, der Gedanke, dass ich Dein bin, hätte den gewöhnlichen Gang der Natur durchbrochen und die Unsterblichkeit geschaffen.
Dein Johannes

Meine Cordelia!
Was bin ich? Der anspruchlose Chronikschreiber, der Deine Triumphe notiert, der Tänzer, der sich unter Dir biegt, während Du Dich selbst in entzückender Leichtigkeit bewegst. Ich bin der Zweig, auf dem Du einen Augenblick ausruhst, wenn Du vom Fliegen müde bist; die Basstimme bin ich, die dem schwärmerischen Sopran als Hintergrund dient, die ihn trägt, damit er noch höhere Sphären erreicht. Was bin ich? Ich bin die irdische Schwere, die Dich an die Erde fesselt. Was bin ich? Körper, Masse, Erde, Staub und Asche, — Du, meine Cordelia, bist Geist und Seele.
Dein Johannes

Meine Cordelia!
Die Liebe ist alles. Deswegen hat für einen Liebenden

alles an und für sich keine Bedeutung mehr, nur soweit, als die Liebe ihm Bedeutung giebt. Wenn ein verlobter junger Mann überzeugt ist, es ist nicht mehr seine Braut, um die er sich kümmert, sondern ein anderes junges Mädchen, dann würde er wahrscheinlich als ein Verbrecher dastehen, und seine Braut würde sich entsetzen. Du dagegen, ich weiss es, Du würdest in solch einem Bekenntnis eine Huldigung sehen; denn Du weisst, es wäre mir eine Unmöglichkeit, eine andere zu lieben. Meine Liebe zu dir wirft auf das ganze Leben einen Wiederschein. Wenn ich mich um eine andere kümmern würde, so geschähe es nur, um mich zu überzeugen, dass ich nicht sie, sondern nur Dich liebe — aber da meine ganze Seele von Dir voll ist, bekommt das Leben für mich eine andere Bedeutung, es wird eine Mythe über Dich.

Dein Johannes

Meine Cordelia!
Verzehrt von Liebe, bleibt mir nur noch meine Stimme übrig, eine in Dich verliebte Stimme, sie flüstert mir immer zu, dass ich Dich liebe. O, wirst Du müde, diese Stimme zu hören? Sie umgiebt Dich allüberall, wie meine Seele, die sich nachdenklich um Dein reines tiefes Wesen legt.

Dein Johannes

Meine Cordelia!

In alten Sagen liest man, wie ein Fluss sich in eine Jungfrau verliebte. Meine Seele ist solch ein Fluss, der Dich anbetet. Er ist bald still und ruhig und Dein Bild spiegelt sich in ihm tief und unbewegt; dann wieder stellt er sich vor, er habe Dein Bild festgehalten, und seine Wellen brausen mächtig auf, sie wollen Dich hindern, dass Du sie verlässt; bald kräuselt sich seine Fläche sacht und spielt mit Deinem Bild, aber zuweilen hat er es verloren, seine Wasser werden dann totdunkel und voll Verzweiflung. — Dies ist meine Seele, ein Fluss, der sich in Dich verliebt hat.

Dein Johannes

Aufrichtig gesprochen — ohne eine besonders blühende Phantasie zu besitzen, würde man sich wohl eine bequemere, gemächlichere, und besonders standesgemässere Art vorwärts zu kommen vorstellen können, — aber mit einem Fuhrmann zu fahren, das weckt nur Aufsehen. — Trotzdem, man nimmt damit vorlieb. Man geht ein Stück auf der Landstrasse, man steigt auf den Wagen, man fährt eine Meile, nichts passiert, man fühlt sich sicherer und sicherer, die Gegend ist wirklich so von oben gesehen schöner als sonst. Man hat beinahe drei Meilen zurückgelegt, — wer hätte denn jetzt erwartet, so weit draussen auf der Landstrasse einen Kopenhagener zu sehen? Denn ein Kopenhagener ist es, das merken Sie schon, meine Gnädigste, es ist kein Dorfbewohner, er hat eine ganz bestimmte Art zu sehen, sicher, beobachtend, taxierend, auch etwas ironisch. Ja, mein Mädchen, Deine Stellung auf dem Wagen ist gar nicht bequem. Du sitzt ja, als ob Du auf einem Presentierbrett sässest, der Wagen ist so flach, und es giebt keine Vertiefung für die Füsse. — Aber dafür müssen Sie sich selbst anklagen, denn mein Wagen steht zu Ihrer Verfügung, ich wage, Ihnen einen viel weniger unangenehmen Platz anzubieten, wenn es Sie nicht genieren würde, an meiner Seite zu sitzen. Denn dann überlasse ich Ihnen den ganzen Wagen und setze mich auf den Bock, froh, Sie an Ihr Ziel führen zu dürfen. — Für einen Blick von der Seite bietet Ihnen Ihr Strohhut nicht genug Schutz. Sie senken den Kopf umsonst, ich kann Ihr schönes Profil doch bewundern. — Ist das nicht ärgerlich, der Fuhrmann grüsst mich? Und doch ist es ganz in der Ordnung, dass ein Bauer einen vornehmen Herrn grüsst. — So leicht kommen Sie nicht davon, hier ist ja eine Strassenkreuzung, sogar eine Haltestelle, und ein Fuhrmann ist an und für sich eine zu gottesfürchtige Person, um nicht einen Augenblick hineingehen zu müssen und seine Andacht zu verrichten. Jetzt nehme ich mich seiner an. Ich besitze eine unglaubliche Begabung, Fuhrmänner zu gewinnen. O, wenn es mir auch so leicht gelänge, Ihnen, meine Gnädigste, zu gefallen. Er kann meinem

Vorschlag nicht wiederstehen und wenn er ihn angenommen hat, wird er der Wirkung desselben nicht wiederstehen können. Wenn es aber mir nicht gelingen sollte, wird es meinem Diener gelingen. Jetzt geht er in das Schankzimmer und Sie bleiben allein auf dem Wagen.

Weiss Gott, was es für ein Mädel ist? Sollte es nur eine kleine Bürgerstochter sein, oder eine Orgelspielertochter vielleicht? Für letztere ist sie ungewöhnlich schön, und aussergewöhnlich geschmackvoll angekleidet. Der Orgelspieler muss ein ungewöhnlicher Mann sein. Es fällt mir was ein. Vielleicht ist es ein kleines Vollblutfräulein, welches das Fahren in Equipagen satt hat und sich entschlossen hat, eine Fusstour nach ihrem Landgut zu machen, und jetzt will sie ein Abenteuer erleben. Nicht unmöglich. So etwas kommt vor. Der Bauer weiss von nichts, er ist ein Esel, der nur das Trinken versteht. Ja, ja, er soll nur trinken, der Alte, es ist ihm schon gegönnt. — Aber was sehe ich? Es ist ja niemand anders, als Fräulein Jespersen, Hansine Jespersen, die Tochter des Grosshändlers in der Stadt. Gott, wir kennen einander. Ich habe sie einmal in der Bredgade gesehen, sie fuhr rückwärts, sie konnte das Fenster nicht aufbekommen, ich setzte meine Brille auf und hatte dann das Vergnügen, ihr mit meinem Blick folgen zu können. Ihre Stellung war sehr unbehaglich, es waren viele Personen im Wagen, sie konnte sich nicht bewegen, und sie wagte wahrscheinlich nicht, zu rufen. Ihre jetzige Stellung ist nicht weniger unbequem. Es ist deutlich, wir sind für einander bestimmt. Sie soll sehr romantisch veranlagt sein, sie fährt sicher allein. — Da kommt mein Diener mit dem Fuhrmann. Er ist ganz berauscht. Wie abscheulich! Welch grässliche Bande, diese Bauern. — So, jetzt ist es Zeit, weiterzufahren. Sie wird wohl selbst das Lenken besorgen müssen, das wird ja ganz romantisch. — Sie weisen mein Anerbieten zurück. Sie behaupten, dass Sie selbst sehr gern kutschieren. Sie können mich aber nicht anführen, ich merke, wie schlau Sie sind. Wenn Sie ein Stück gefahren sind, werden Sie absteigen, im Wald ist leicht ein Versteck zu finden. — Ich lasse mein Pferd satteln, ich begleite Sie zu Pferd. — So, jetzt bin ich fertig, jetzt sind Sie gegen jeden Überfall sicher. — Werden Sie nicht wieder so entsetzt. Ich komme gleich wieder. Ich wollte Ihnen nur etwas Angst einjagen, um Ihre natürliche Schönheit zu erhöhen. Sie wissen ja nicht, dass ich den Bauern besoffen gemacht habe, und ich habe mir doch kein beleidigendes Wort gegen Sie erlaubt. Noch kann alles wieder gut werden, ich werde der Sache eine Wendung geben, dass Sie über die ganze Geschichte lachen müssen. Ich wünsche nur eine kleine Situation mit Ihnen erlebt zu haben, glauben Sie aber niemals, dass ich ein junges Mädchen überrumple. Ich bin ein Freund der Freiheit, und was ich nicht frei erhalte, daran liegt mir gar nichts. — „Sicher sehen Sie selbst ein, so können Sie die Reise nicht mehr fortsetzen. Ich muss auf die Jagd gehen, deswegen bin ich zu Pferd. Aber mein Wagen steht dort fertig. Befehlen Sie, so wird er im Augenblick hier sein, um Sie, wohin Sie wünschen, zu fahren. Leider kann ich nicht selbst das Vergnügen haben, Sie zu begleiten, ich bin durch ein Jagdversprechen gebunden, und solche Versprechen sind heilig." — Sie nehmen es an. — Alles wird im Augenblick zu Ihren Diensten sein. — So, jetzt dürfen Sie nicht im geringsten verlegen werden, wenn Sie mich nächstes Mal sehen, werden Sie jedenfalls nicht mehr verlegen, als Ihnen gut steht. Vielleicht werden Sie diese Geschichte amüsant finden, etwas darüber lachen und ein wenig an mich denken. Mehr verlange ich nicht. Es erscheint wenig, mir ist es genug. Es ist der Anfang, und in der Kunst anzufangen, bin ich stark. —

Es war eine kleine Gesellschaft gestern Abend bei der Tante. Ich wusste, Cordelia würde eine Arbeit in die Hand nehmen, ich hatte ein Billet in dieselbe gelegt. Sie verlor es, hob es auf und war sehnsuchtsvoll bewegt. Unglaublich ist es, welche Vorteile man haben kann, wenn man die Situation zu Hilfe nimmt. Ein kleines Billet, an und für sich unbedeutend, wird, in solchem Augenblick gelesen, unendlich bedeutsam. Sie fand keine Gelegenheit, mich zu sprechen, ich hatte es so arrangiert, dass ich verpflichtet war, eine Dame nach Hause zu begleiten. Also musste sie bis heute warten. Um so tiefer prägte sich der Eindruck in ihre Seele. Es sieht immer so aus, als erwiese ich ihr stets neue Aufmerksamkeit; ich bin also überall in ihren Gedanken, immer überrasche ich sie.

Welch eigene Dialektik hat doch die Liebe. Einmal war ich in ein junges Mädchen verliebt, und vorigen Sommer in Dresden, da sah ich eine Schauspielerin, die war ihr täuschend ähnlich. Deshalb wünschte ich ihre Bekanntschaft zu machen, das gelang mir auch, und da überzeugte ich mich, wie gross die Unähnlichkeit war. Heute begegnete ich auf der Strasse einer Dame, die mich an jene Schauspielerin erinnerte. Diese Geschichte kann „in infinitum" fortgehen.

Meine Gedanken umgeben überall Cordelia, wie durch Engel lasse ich sie von ihnen umringen Wie in ihrem Wagen die Venus von Tauben gezogen wurde, so sitzt sie in ihrem Triumphwagen und meine Gedanken sind wie geflügelte Wesen vorgespannt. Sie selbst sitzt wie ein Kind froh und reich, und wie eine Göttin allmächtig da; ich schreite neben ihr. Wahrhaftig, ein junges Mädchen ist und bleibt das „Venerabile" der Natur und. des ganzen Universums. Niemand weiss das besser wie ich. Sie lächelt mir zu, sie grüsst mich, sie winkt mir, als ob sie meine Schwester wäre. Ein Blick von mir erinnert sie daran, dass sie meine Geliebte ist.

Die Liebe kennt viele Positionen. Cordelia macht gute Fortschritte. Sie sitzt auf meinen Knieen, sie schlingt ihren Arm weich und warm um meinen Hals, und legt sich leicht an meine Brust. Leicht, ohne körperliche Schwere, die weichen Formen berühren mich kaum; wie eine Blume windet sich ihre reizende Gestalt um mich. Ihr Blick versteckt sich hinter dem Augenlid; ihr Busen ist blendend weiss, wie Schnee, so glatt, dass mein Auge nicht darauf ruhen kann ohne zu gleiten. Wenn der Busen sich hebt, was bedeutet diese Bewegung. Bedeutet es Kälte? Vielleicht eine Ahnung, ein Traum von der wirklichen Liebe. Der Traum ist noch ohne Energie. Sie umarmt mich abstrakt, wie der Himmel einen Heiligen umarmt, leise, wie ein Hauch eine Blume umarmt. Unbestimmt küsst sie mich, wie der Himmel das Meer küsst, still, mild, wie der Tau die Blume küsst, feierlich, wie das Meer das Bild des Mondes küsst.

In diesem Augenblick würde ich ihre Leidenschaft naiv nennen. Aber der Situationswechsel tritt jetzt ein. Ich ziehe mich ernsthaft zurück, bietet sie auch alles auf, mich wirklich zu fesseln: sie hat dazu kein anderes Mittel als das Erotische, nur offenbart es sich bei ihr ganz anders. Es ist in ihrer Hand zu einem Schwert geworden, und sie schwingt es gegen mich. Ich selbst, ich habe die nachdenkende Leidenschaft. Sie kämpft für sich, da sie erkannt hat, dass ich das Erotische im Besitz habe, sie kämpft

für sich, und will mich überwinden, und verlangt selbst in den Besitz der höheren Art des Erotischen zu kommen. Was sie zuerst nur ahnte, als ich sie mit meiner Liebe erwärmte, das kommt ihr jetzt zum Verständnis durch meine kalte Art und Weise, aber sie empfindet, als habe sie es entdeckt, und will mich mit dieser Entdeckung gefangen nehmen. Ihre Leidenschaft wird fest, energisch, dialektisch; ihr Kuss umfassend, ihr Umarmen hiatisch.
Sie findet bei mir ihre Freiheit, und findet sie reicher, je enger ich sie einschliesse. Die Verlobung muss jetzt aufgehoben werden. Ist das geschehen, so verlangt sie etwas Ruhe, damit in dem erregten Sturm sich nichts Unschönes äussert. Sie sammelt dann nochmals ihre Leidenschaft, und in dem Augenblick wird sie mein.
Wie ich schon früher durch den seligen Eduard indirekt um ihre Lektüre bemüht war, so bin ich es jetzt direkt. Ich biete ihr das, was ich für die beste Nahrung halte: Mythologie und Märchen. Doch hierin wie in allem andern soll sie Freiheit haben; ich komme hinter ihre geheimsten Gedanken, und das ist mir nicht sehr schwierig, weil ich sie ihr eingegeben habe.

Wandern die Dienstmädchen im Sommer nach dem Tiergarten hinaus, so ist das im allgemeinen ein unschönes Vergnügen. Einmal im Jahr sind sie nur da und wollen deshalb so viel als möglich davon haben. So ziehen sie denn mit Hut und Shawl aus. Diese Lustigkeit wirkt übertrieben, hässlich und lasciv. Nein, ich bin mehr für den Frederiksborg-Garten. Sie gehen am Sonntagnachmittag dorthin und ich auch. Alles ist dort fein sittlich und dezent, und die Fröhlichkeit ist sanfter und edler. Überhaupt, Männer, welche keinen Sinn für Dienstmädchen besitzen, verlieren im Verkehr dort mehr als die Dienstmädchen.

Diese verschiedenartigen Scharen von Dienstmädchen kommen mir als die schönste Wehrkraft Dänemarks vor. Ich, wenn ich König wäre, ich wüsste, was ich zu thun hätte: Nicht Revuen über die Linientruppen halten, sondern über die Dienstmädchen. Und wenn ich von den zweiunddreissig Stadtverordneten einer wäre, ich würde ein Wohlfahrts-Komitee ernennen, das müsste durch Rat und That die Dienstmädchen aufmuntern, eine geschmackvolle und sorgfältige Toilette zu erfinden. Soll denn Schönheit so unbemerkt durchs Leben gehen? Einmal in der Woche mögen sie sich doch in dem Licht zeigen, in dem sie am schönsten strahlen. Aber zuerst Geschmack und richtige Begrenzung. Nicht gleich einer Dame soll ein Dienstmädchen daherkommen, nein, nicht so! Aber würde man einem wünschenswerten Aufblühen der Dienstmädchenklasse entgegensehen, so würde das auch den Töchtern in den Häusern gut thun. O, könnte ich dieses goldene Zeitalter erleben, wie würde ich da mit gutem Gewissen den ganzen Tag auf den Strassen der Stadt spazieren, und mich an so viel Schönheit ergötzen. Meine Gedanken schwärmen, glaube ich, zu weit und kühn, und zu patriotisch. Aber ich bin ja auch in Frederiksborg draussen, wohin die Dienstmädchen am Sonntagnachmittag gehen und ich auch. — — Bauerndirnen kommen zuerst, mit ihren Geliebten Hand in Hand, oder voran alle Mädchen Hand in Hand, hinterher alle Burschen, oder ein anderes Bild, zwei Dirnen und ein Bursch. Diese Schar bildet die Umrahmung, sie stehen und sitzen gern vor dem Pavillon bei den Bäumen. Frisch sind sie und kerngesund, nur ist die Farbe der Haut und auch die Tracht etwas zu grell. Dann kommen Mädchen aus Jütland und Fünen. Hoch, schlank, etwas zu voll, und ihr Anzug ein wenig unordentlich. Das Komitee hätte bei ihnen viel zu thun. Auch fehlen nicht die Repräsentantinnen der Bornholm-Division: dralle Köchinnen, aber man darf ihnen weder in der Küche noch in Frederiksborg zu nah kommen; sie haben etwas stolz Abweisendes. Ihre Anwesenheit wirkt hauptsächlich durch den Kontrast, ich vermisse sie hier draussen nur ungern, aber ich lasse mich nicht gern mit ihnen ein. Kerntruppen kommen jetzt: Mädchen von Nyboder. Klein, zierlich gewachsen, munter, fröhlich, lebhaft plaudernd, ein wenig kokett. Ihr Anzug gleicht am meisten dem einer Dame: sie tragen keinen Shawl, bloss ein Tuch, keinen Hut, höchstens eine kleine niedliche Haube und gehen am liebsten mit blossem Kopf. — — —

Ah! sieh da, guten Tag, Marie! Hier draussen treffe ich Sie also? Wie lange ich Sie nicht gesehen habe. Sie sind wohl immer noch bei Kommerzienrats? — „Ja!" — Sicher eine ausgezeichnete Kondition? — „Ja." — Aber wie allein sie hier draussen sind? Haben Sie keine Begleitung ... keinen Schatz? Er hat heute vielleicht keine Zeit oder erwarten Sie ihn noch? — Wie, Sie sind nicht verlobt? Das ist aber unmöglich. So ein schönes Mädchen, und ein Mädchen, das bei einem Kommerzienrat dient, so ein Mädchen, das sich so hübsch und ... so fein hergerichtet hat. Welch ein reizendes Taschentuch Sie da in der Hand haben, vom feinsten Leinen, ... ich wette, zehn Mark kostet es, ... manche feine Dame hat nicht so ein schönes, ... französische Handschuhe auch ... seidenen Regenschirm ... Und ein Mädchen so wie Sie, die sollte nicht verlobt sein? Das ist ja gar nicht möglich. Wenn ich mich nicht irre, Jens hielt recht viel von Ihnen, Sie wissen es. Jens, der Jens bei dem Grossisten im zweiten Stock, ... nicht wahr, ich hab' es geraten? ... Warum verlobten Sie sich nicht? Jens war ein hübscher Kerl, hatte eine gute Anstellung, vielleicht wäre er durch den Einfluss des Grossisten Polizeidiener oder in einem Palais Heizer geworden, das wäre keine schlechte Partie ... Gewiss sind

Sie selbst schuld, Sie waren zu hart zu ihm. Nein! aber ich habe gehört, Jens soll schon einmal verlobt gewesen sein, hat aber das Mädchen gar nicht schön behandelt. ... Was Sie da sagen! Wer hat denn das von Jens gesagt ... ja, die Gardisten, ... die Gardisten, ... man kann denen nicht trauen ... ganz recht haben Sie gehandelt ... wahrlich, ein Mädchen so wie Sie, die darf sich nicht wegwerfen, dazu sind Sie zu gut ... Ich stehe Ihnen dafür, Sie machen einmal noch eine bessere Partie. — —
— Wie geht es mit Fräulein Juliane? Habe sie lange nicht gesehen. Hübsche Marie, Sie könnten mir gewiss dies oder jenes berichten, ... wenn man selbst eine unglückliche Liebe gehabt hat, dann hat man Verständnis für die Leiden der Mitmenschen, ... hier sind zu viel Leute, ... wir können hier nicht miteinander plaudern, ... wollen Sie mich aber einen Augenblick anhören, meine reizende Marie, ... sehen Sie, hier ist ein schattiger Weg, die Bäume verbergen uns vor den Menschen, hier wo wir niemand sehen, keinen Laut hören, sondern nur leises Echo der Musik, ... hier möchte ich Ihnen ein Geheimnis sagen, ... Nicht wahr, wäre Jens kein schlechter Mensch gewesen, so würdest Du hier mit ihm spazieren gegangen sein, Arm in Arm, hättest auf die Musik gehört und vielleicht auch noch Höheres genossen — — Weshalb so aufgeregt? — Gieb Jens auf. ... Willst Du mich mit Ungerechtigkeit behandeln? Ich kam nur hierher, um Dich zu treffen

... Und nur um Dich zu sehen, deshalb bin ich öfters zum Kommerzienrat gekommen ... Du hast es gemerkt, nicht wahr? ... Immer wenn ich konnte, kam ich an der Küchenthür vorbei ... Werde mein ... man soll uns von der Kanzel aufbieten ... ich will Dir morgen Abend alles erklären ... oben bei der Küchenthür, die Thüre links, gerade der Küchenthür gegenüber.... Lebe wohl, auf Wiedersehen morgen, schöne Marie ... Niemand darf erfahren, dass Du mich hier draussen gesehen hast, Du kennst jetzt mein Geheimnis. — — —
Wirklich reizend ist sie. Es liesse sich aus der etwas machen. — Habe ich erst meinen Fuss in ihre Kammer gesetzt, werde ich uns von der Kanzel selbst aufbieten. Ich habe von jeher versucht, das brave griechische αὐταρχεία zu bewahrheiten und einen Pfarrer als überflüssig zu erklären.

Könnte ich es einmal so einrichten und hinter Cordelia stehen, wenn sie einen Brief von mir bekommt, das würde mich wahrhaftig interessieren. Dann würde ich leicht erfahren können, wie tief erotisch sie ihn auf sich wirken lässt. Alles in allem, Briefe bleiben immer ein unbezahlbares Mittel, um auf junge Mädchen Eindruck zu machen; oft hat der tote Buchstabe viel mächtigeren Einfluss als das gesprochene Wort. Ein Brief ist eine geheimnisvolle Kommunikation; man ist Herr der Situation, man fühlt sich nicht durch Anwesende beengt, und ein junges Mädchen will am liebsten mit ihrem Ideal allein sein, das will sagen in gewissen Augenblicken, in den Augenblicken besonders, wo ihr Herz am stärksten erschüttert ist. Hat ihr Ideal in bestimmten geliebten Menschen einen vollkommenen Ausdruck entdeckt, so sind Sekunden da, wo sie sich klar macht, in dem Ideal liegt ein Zauber, den die Wirklichkeit nicht bietet. Man muss dem jungen Mädchen diese grossen Versöhnungsfeste geben, nur muss man sie auch richtig anwenden, das junge Mädchen darf nie ermatten, sondern von ihnen gestärkt zur Wirklichkeit zurückkehren. Dazu sind die Briefe gut, sie machen, dass man in diesen heiligen Stunden hoher Weihe, ungesehen und geistig dabei ist, wobei die Vorstellung der wirklichen Person des Verfassers des Briefes, einen natürlichen und freiwilligen Übergang zu der Wirklichkeit bietet.

Kann ich jemals auf Cordelia eifersüchtig werden? Tod und Teufel, ja! Und doch wieder anders betrachtet, nein! Würde ich einsehen, ihr Wesen würde zerstört, und nicht werden wie ich es wünsche — dann würde ich sie losgeben, selbst wenn ich meinen Nebenbuhler besiegen könnte.

Ein alter Philosoph sagte, wenn man alles, was man erlebte, genau niederschreiben würde, so könne man, ehe man es sich versehe, ein Philosoph werden. Ich habe jetzt lange Zeit in Beziehung zur Gemeinschaft der Verlobten gelebt. Solch ein Verhältnis muss doch Frucht tragen. Schon dachte ich daran, mir das Material zu einer Schrift zu sammeln, die ich betiteln will: „Beiträge zur Theorie des Kusses, gewidmet allen zärtlich Liebenden." Es wundert mich, dass keiner noch über dieses Thema ein Werk niederlegte. Sollte ich damit fertig werden, so würde ich sicher damit einem langgefühlten Mangel abhelfen. — Übrigens, ich kann jetzt schon einzelne Winke geben. Bei einem richtigen Kuss müssen die Handelnden ein Mädchen und ein Mann sein. Zwischen Männern hat ein Kuss keinen Geschmack, — oder was schlimmer ist, er flösst Abscheu ein. — Ich glaube weiter, ein Kuss kommt der Idee näher, wenn ein Mann ein Mädchen küsst, als wenn ein Mädchen einen Mann küsst. Ist mit den Jahren in diesem Verhältnis eine Indifferenz eingetreten, so verlor der Kuss Sinn und Wert. Besonders gilt dies von dem ehelichen Hauskuss, womit Mann und Frau einander den Mund abwischen, weil sie keine Servietten haben, und dabei heisst es: „Gesegnete Mahlzeit."

Ist der Altersunterschied zu gross, so liegt der Kuss ausserhalb seiner Idee. Dabei erinnere ich mich an die erste Klasse einer Mädchenschule in einer Provinzialstadt, die einen besonderen Terminus hatte: „Den Justizrat küssen", womit sie eine nichts weniger als angenehme Vorstellung verbanden. Die Geschichte dieses Terminus ist die: Ein Schwager der Lehrerin, der bei ihr wohnte, war Justizrat gewesen,

und glaubte als ein älterer Herr sich erlauben zu
dürfen, die jungen Mädchen zu küssen. — Der Kuss
muss Ausdruck einer gewissen Leidenschaft sein.
Bruder und Schwester, die zugleich Zwillinge sind,
wenn die einander küssen, dann wird das kein
richtiger Kuss. Ebenso ist es beim Pfänderspiel,
ebenso bei einem gestohlenen Kuss.
Ein Kuss als symbolische Handlung hat nicht viel
zu bedeuten, wenn das Gefühl, das er ausdrücken
soll, nicht dabei ist; und nur unter gewissen Verhältnissen ist dieses Gefühl vorhanden.
Teilt man Küsse in verschiedene Kategorien ein, so
kann man sich auch verschiedene Einteilungsprinzipien denken. Man kann sie einteilen nach dem
Laut. Leider reicht die Sprache hierzu für meine
Beobachtungen, die ich gemacht habe, nicht aus.
Ebenso glaube ich kaum, dass die Sprachen der
ganzen Welt den nötigen Vorrat von Onomatopoetika
haben werden, um Unterschiede hierin auszudrücken,
wie ich sie im Hause meines Onkels vernahm. Diese
sind bald schnalzend, bald grunzend, klatschend,
knallend, bald ächzend, bald saftig, bald hohl, oder
wie Kattun u. s. w. u. s. w. — Auch nach der Berührung kann man die Küsse einteilen: hierin giebt
es den tangierenden Kuss oder den Kuss en passant und den festklebenden. — Auch nach der Zeit
kann man die Küsse einteilen: der kurze und der
lange. Es giebt bei der Zeiteinteilung noch eine
andere Einteilung, diese eigentlich ist die einzige,

die mir behagt: man unterscheidet den ersten Kuss
und all die übrigen. Der erste Kuss ist von den
übrigen auch qualitativ verschieden. Daran denken
nur wenige Menschen, und es wäre schade, wenn
es nicht wenigstens einen gäbe, der darüber nachdenkt.

Meine Cordelia!
Wie ein süsser Kuss, so ist eine gute Antwort, sagt
Salomo. Du weisst es, ich bin ein böser Fragesteller, ich habe darüber schon viel hören müssen.
Es kommt davon, man versteht nicht, wonach ich
frage; denn nur Du, Du verstehst es allein und nur
Du allein verstehst es zu antworten, und Du, Du
allein giebst die gute Antwort; denn „wie ein süsser
Kuss, so ist die gute Antwort", sagt Salomo.
Dein Johannes

Es ist ein Unterschied zwischen geistiger und irdischer Erotik. Bis jetzt versuchte ich in Cordelia
die geistige Erotik auszubilden. Nun muss ich
meine persönliche Gegenwart anders wirken lassen,
sie darf nicht nur akkompagnieren, sie muss versuchend auftreten. In diesen Tagen habe ich mich
beständig darauf vorbereitet und deshalb den bekannten locus im Phädrus über die Liebe studiert.
Mein ganzes Wesen ist davon elektrisiert, denn das
giebt mir ein herrliches Präludium. Wahrhaftig,
Plato verstand die Erotik durch und durch.

Meine Cordelia!
Von aufmerksamen Schülern sagt der Lateiner, sie hängen am Mund ihres Lehrers. Alles ist für die Liebe ein Vergleich und in der Liebe wird der Vergleich Wirklichkeit. Hältst Du mich nicht für einen fleissigen und aufmerksamen Schüler? Aber Du antwortest mit keinem Wort.
Würde ein anderer als ich diese Entwicklung leiten, er wäre sicher zu klug, um sich leiten zu lassen. Würde ich unter den Verlobten einen Eingeweihten um Rat fragen, würde er wahrscheinlich in erotischer Kühnheit einen Sprung in die Luft machen und sagen: in diesen Positionen der Liebe suche ich vergeblich eine Klangfigur, es giebt keine dafür, wenn die Liebenden von ihrer Liebe sprechen. Meine Antwort wäre, es freut mich, dass Du diese Figur umsonst suchst, denn die gehört gar nicht zu dem Gebiet Erotik, nicht mal, wenn man das Interessante mit hineinzieht. Die Liebe ist zu substantiell, um sich mit Geplauder zu genügen. Die erotischen Situationen sind zu bedeutungslos, um sie mit Gesprächen auszufüllen. Sie sind schweigsam, still, in bestimmten Linien gezogen, und doch schönredend, wie die Musik der Memnonsäule. Eros machte Bewegungen, aber er spricht nicht dabei; oder wenn er spricht, so sind es rätselhafte Andeutungen, eine bildliche Musik. Die erotischen Situationen sind entweder plastisch oder malerisch, aber dass zwei von ihrer Liebe sprechen, das ist weder

plastisch noch malerisch. Die soliden Brautleute fangen aber immer mit solchen Gesprächen an, die später der zusammenhängende Faden ihrer Ehe werden. Die Gespräche werden dann auch der Anfang dazu und das Pfand dafür, dass in ihrer Ehe jene Mitgift nicht vermisst wird, von der Ovid sagt: dos est uxoria lites. [Die Mitgift der Frau ist Zank.]
Muss gesprochen werden, so ist genug, wenn einer spricht. Der Mann soll sprechen und soll deswegen im Besitz von einigen der Eigenschaften sein, die im Besitz der Venus waren, als sie mit ihrem Gürtel bethörte: Die Gabe des Sprechens und die süsse Schmeichelei, das heisst das Anzügliche.
Daraus ergiebt sich noch nicht, dass Eros stumm ist, oder dass es erotisch unrichtig ist, zu sprechen. Nur muss das Gespräch selbst erotisch sein, und sich nicht in erbaulichen Betrachtungen über Lebensaussichten u. s. w. verlieren. Und das Gespräch soll im Grunde doch nur als ein Ausruhen von der eigentlichen erotischen That angesehen werden, als ein Zeitvertreib, nicht als das Höchste. Eine solche Art, sich zu unterhalten, ein solches confabulatio ist göttlich, und ich meinerseits werde nie daran ermüden, mich mit einem jungen Mädchen zu unterhalten. Es ist mir gerade so undenkbar, als sollte ich des Atmens müde werden. Das Eigentümliche bei solchen Gesprächen ist das vegetative Wachsen der Konversation. Die Unterhaltung hält

sich an der Erde und hat kein eigentliches Ziel.
Der Zufall ist das Gesetz ihrer Bewegungen, aber
Tausendschön ist der Name dafür und für die
Wirkungen.

Dein Johannes

Meine Cordelia!
„Mein — Dein," wie eine Parenthese umschliessen
diese Worte den ärmlichen Inhalt meiner Briefe.
Merktest Du, dass die Entfernung zwischen den
Armen derselben kürzer wird? O meine Cordelia!
Es ist wirklich schön, dass die Parenthese um so
bedeutungsvoller wird, je inhaltsschwerer sie ist.

Dein Johannes

Meine Cordelia!
Ist eine Umarmung ein Kampf?

Dein Johannes

Cordelia verhält sich im allgemeinen schweigend.
Das habe ich immer gern gehabt. Eine so tiefe
weibliche Natur plagt einen nicht mit dem Hiatus,
jener Redefigur, die sonst das Weib ganz besonders
anwendet, ja die sogar unentbehrlich bei ihr wird,
wenn der Mann, der den vorangehenden oder nachher begrenzenden Konsonanten bilden soll, auch
schwach wie ein Weib ist. Jede einzelne kurze Bemerkung verrät oft, wieviel in ihr verborgen ist.
Dann bin ich ihr behilflich. Es ist oft, als ob hinter

einem Menschen, der mit unsicherer Hand einzelne Umrisse einer Zeichnung skizziert, ein anderer Mensch steht, der alles abrundet und genialer vervollkommnet. Das überrascht sie selbst, und es ist ihr doch ebenso, als ob sie es erdacht hätte und es ihr gehörte. Ich wache immer über ihr, über jeder zufälligen Äusserung, jedem rasch hingeworfenen Ausdruck, und indem ich es ihr wiedergebe, gebe ich ihr immer etwas Bedeutsameres, sie erkennt es und kennt es doch nicht.
Heute waren wir in einer Gesellschaft. Wir hatten kein Wort miteinander gewechselt. Als man vom Tisch aufstand, kam der Diener und meldete Cordelia, es sei ein Bote da, der sie zu sprechen wünsche. Dieser Bote war von mir, er brachte einen Brief, der enthielt Andeutungen über eine Äusserung, die ich bei Tisch gemacht hatte. Es war mir gelungen, mich in die allgemeine Tischunterhaltung hineinzumischen, sodass Cordelia, trotzdem sie weit von mir sass, mich notwendigerweise hören und missverstehen musste. Daraufhin war der Brief berechnet. Wäre es mir gelungen, der Tischunterhaltung die erwünschte Richtung zu geben, so hätte ich selbst aufgepasst, den Brief zur richtigen Zeit zu konfiszieren. Sie kam wieder herein, sie musste ein wenig lügen. So etwas verstärkt die erotische Geheimnisthuerei, ohne das kann sie nicht ihren angewiesenen Weg gehen.

Meine Cordelia!
Glaubst Du, wenn einer seinen Kopf auf den Hügel der Elfen legt, er im Traum das Bild einer Elfe sieht? Ich weiss es nicht, aber ich weiss: ruht mein Kopf an Deiner Brust, und schliesse ich mein Auge nicht, sondern blicke empor, so sehe ich das Antlitz eines Engels. Glaubst Du, wenn einer seinen Kopf auf einen Elfenhügel legt, dass er nicht ruhig liegen kann? Ich glaube es nicht, aber das weiss ich, lege ich meinen Kopf an Deine Brust, so wird er zu stark bewegt, sodass der Schlaf sich nicht auf meine Augen herablassen kann.

Dein Johannes

Der Würfel ist gefallen. Jetzt muss die Wendung kommen. Heute war ich bei ihr, hingerissen von meiner Idee, die mich stark bewegte. Für sie hatte ich weder Aug' noch Ohr. Die Idee selbst war so interessant, dass sie sich gefesselt fühlte. Sehr thöricht wäre es von mir, hätte ich die neue Operation dadurch eingeleitet, dass ich mich in ihrer Gegenwart kalt gemacht hätte.
Wenn ich jetzt von ihr fortgegangen bin, und die Idee selbst erfüllt sie nicht mehr, so erinnert sie sich doch, dass ich anders als gewöhnlich war. Wie schmerzlich wird ihr diese Entdeckung sein, sie wird langsam aber sicherer wirken, noch dazu, da ihr diese Änderung in einer einsamen Stunde bewusst wird. Sie kann nicht sofort aufbrausen

und später sind zu viel Gedanken auf sie eingestürmt, sie findet nicht Zeit, alle auszusprechen, sondern es bleibt immer das Residuum eines Zweifels in ihrer Seele zurück. Die Unruhe vergrössert sich, die Briefe hören auf, erotische Nahrung wird ihr sparsamer zugeteilt, und Liebe als etwas zum Lachen reizendes verspottet. Sie geht vielleicht einen Moment mit, auf die Dauer kann sie es nicht ertragen. Sie versucht deshalb, mich durch mein eigenes Mittel zu fesseln, durch das Erotische. Fragt man, wann darf eine Verlobung aufgehoben werden, respektive, wann muss eine Verlobung aufgehoben werden, so ist jedes kleine Mädchen ein grosser Kasuist; zwar wird in den Schulen kein eigener Kursus darüber gehalten, doch alle Mädchen sind sehr orientiert, sobald diese Frage besprochen wird. Es müsste diese Frage eigentlich in den letzten Schuljahren zu den stehenden Examina gehören, wenn ich auch weiss, dass Aufsätze in den höheren Töchterschulen sehr ermüdend sind, gewiss würde dieses Problem dem Scharfsinn eines Mädchens ein weites Gebiet öffnen. Und weshalb soll einem Mädchen nicht Gelegenheit geboten sein, seinen Scharfsinn in glänzender Weise zu offenbaren. Es wird doch auch offenbar, wenn ein Mädchen genügend reif — zur Verlobung ist? —
Ich habe einmal eine Situation erlebt, die mich sehr interessierte. In einer Familie, die ich oft besuchte, waren eines Tages die älteren Mitglieder ausgegangen

und zwei junge Töchter des Hauses hatten eine Menge Freundinnen zum Nachmittagskaffee eingeladen. Es waren acht, alle im Alter von sechzehn bis zwanzig Jahren. Es hatten wahrscheinlich keinen Besuch erwartet, und vielleicht sogar dem Dienstmädchen gesagt, keinen Besuch anzunehmen. Trotzdem kam ich hinein und merkte deutlich, sie wurden etwas überrascht. Gott weiss, was junge Mädchen bei solchen Zusammenkünften zu besprechen haben. Zuweilen kommen auch verheiratete Frauen so zusammen. Diese lesen dann Pastoral-Theologie vor, vor allem werden wichtige Fragen behandelt, ob es richtiger ist, bei dem Metzger Kontobuch zu haben oder kontant zu bezahlen, ob man es erlauben soll, dass die Köchin einen Schatz hat, und wie man mit dieser Erotik, die das Kochen verspätet, umgehen soll. — — —
Ich bekam meinen Platz mitten in dem schönen Haufen. Es war ein Vorfrühling. Die Sonne sandte hie und da wie Eilboten ihrer Ankunft einige Strahlen. Das Zimmer selbst hatte noch etwas Winterliches, und eben deswegen hatten die Strahlen etwas von Vorboten. Der Kaffee duftete auf dem Tisch und ringsherum sassen die jungen Mädchen, fröhlich, frisch, blühend, ausgelassen, denn die Angst hatte sich bald gelegt, und was war denn auch zu fürchten, sie waren ja stark genug.
Es gelang mir, die Aufmerksamkeit und das Gespräch auf die Frage zu lenken, in welchem Fall

eine Verlobung aufgehoben werden soll. Während mein Auge die Lust genoss, von der einen Blume zur andern in diesem Haufen von jungen Mädchen zu flattern, und sich daran ergötzte, bald auf der einen, bald auf der andern Schönheit zu ruhen, freute sich mein äusseres Ohr, in der Musik der Stimmen zu wühlen, und meinem inneren Ohr behagte es, das eben Gesagte aufmerksam auszuhorchen. Ein einziges Wort war mir auch völlig genug, und gab mir einen tiefen Blick in das Herz und in die Geschichte so eines Mädchens. Wie verführerisch doch die Wege der Liebe sind, und wie interessant ist es, zu erforschen, wie weit ein jeder gekommen ist. Doch wie sehr ich auch immer hetzte und wie sehr auch Geist, Frische und ästhetische Objektivität dazu beitrugen, das Verhältnis freier zu machen, die Grenze des Erlaubten wurde doch nicht im geringsten überschritten. Während wir so miteinander in den leichten Regionen der Konversation scherzten, schlief für mich darunter eine Möglichkeit, die guten Kinder in eine fatale Verlegenheit zu versetzen. Die jungen Mädchen begriffen es nicht und ahnten es kaum. Durch das leichte Spiel des Gespräches wurde die Möglichkeit jeden Augenblick zurückgedrängt, gleichwie in „Tausend und eine Nacht" Schehersad das Todesurteil durch Märchenerzählen fernhält.

Zuweilen lenkte ich das Gespräch auf das Gebiet des Wehmütigen, zuweilen liess ich der Ausgelassenheit Raum und dann wieder forderte ich zu einem dialektischen Kampf auf. Und welches Thema ist, wenn man ihm recht auf den Leib rückt, mannigfaltiger! Unaufhörlich liess ich ein Thema von einem anderen ablösen.

Ich erzählte von einem jungen Mädchen, das von der Grausamkeit ihrer Eltern zur Lösung der Verlobung gezwungen wurde. Dies unglückliche Ereignis brachte ihnen beinahe Thränen in die Augen. — Ich erzählte von einem Mann, der als Grund der Lösung seiner Verlobung angab, das Mädchen sei zu gross, und er hätte ihr seine Liebeserklärung nicht knieend gemacht. Als ich dagegen die Einwendung machte, dieses seien keine genügenden Gründe, so antwortete er: doch, sie genügen vollständig, um das zu erreichen, was ich wünsche, — denn kein Mensch kann ein vernünftiges Wort dagegen sagen. — Schliesslich gab ich noch einen sehr schwierigen Fall der Versammlung zur Prüfung. Ein junges Mädchen löste deshalb ihre Verlobung, weil sie nicht überzeugt war, dass sie und ihr Bräutigam zu einander „passten". Dieser suchte sie durch Versicherungen seiner grossen Liebe zur Vernunft zu bringen. Aber sie antwortete: entweder passen wir für einander und es ist eine wirkliche Sympathie da, dann musst Du einsehen, dass wir nicht zu einander passen, oder wir passen nicht zu einander und dann siehst Du doch ein, dass wir nicht zu einander passen. Es war ein Genuss, zu

sehen, wie die jungen Mädchen ihre Gehirne anstrengten, um diese rätselhafte Rede zu erfassen, und doch merkte ich ausgezeichnet, dass ein paar unter ihnen es deutlich verstanden. Denn wenn von Lösung einer Verlobung die Rede ist, so ist jedes junge Mädchen ein grosser Kasuist. — Ja, ich glaube wahrhaftig, dass es mir in solch einem Fall leichter wäre, mit dem Teufel selbst zu disputieren, als mit einem jungen Mädchen.
Ich war heute bei ihr und leitete sofort die Unterhaltung auf dasselbe Thema, das uns gestern fesselte, und ich versuchte, sie wieder in Ekstase zu bringen. „Gestern schon", begann ich, — „wollte ich eine Bemerkung machen, es fiel mir aber erst ein, als ich schon gegangen war!" Das glückte. Bin ich bei ihr, so ist es ihr ein Genuss, mir zuzuhören; bin ich fort, dann erkennt sie wohl, dass sie betrogen ist, und dass ich verändert war. So zieht man seine Aktien zurück. Die Methode ist etwas hinterlistig, aber sehr zweckmässig, gleich allen indirekten Methoden. Sie versteht sehr gut, dass so etwas wie das, von dem ich spreche, mich beschäftigen kann, ja es kann sie selbst für einen Augenblick interessieren und trotzdem betrüge ich sie um das eigentlich Erotische.
Oderint, dum metuant, als ob nur Furcht und Hass zusammengehörten, und Furcht und Liebe nicht ebenso zusammen sein müssten, denn Furcht macht doch erst die Liebe interessant?

Ist in der Liebe, mit der wir die Natur umfassen, nicht ein geheimes Angstgefühl? Ihre schöne Harmonie arbeitet sich erst aus wildem Chaos hervor, ihre Sicherheit aus Treulosigkeit.
Am meisten aber fesselt gerade diese Art Angst. Und mit der Liebe ist es ebenso, wenn sie interessant sein soll, es muss tiefe angstvolle Nacht hinter ihr stehen, und aus dieser wird die Liebesblume geboren. — — So ruht die weisse Wasserrose ihren Kelch auf der Oberfläche des Wassers aus, während der Gedanke sich in das Dunkel zu stürzen scheut, wo die Blume ihre Wurzeln hat.
Ich habe es schon öfters erwähnt: sie nennt mich in ihren Briefen immer: mein; aber den Mut, es mir auch zu sagen, den hat sie nicht. Ich bat sie heute darum, so insinuant und erotisch warm als möglich. Sie versuchte; aber ein ironischer Blick von mir, ganz kurz und schneller als man es ausdrücken kann, der genügte, um es ihr ganz unmöglich zu machen, obgleich ich in sie drang, es nochmals zu versuchen. Diese Stimmung ist die normale.
Mein ist sie! Ich vertraue es nicht, wie es oft Sitte ist, den Sternen an, da ich nicht recht verstehe, welches Interesse jene allzufernen Welten daran nehmen könnten. Viel weniger noch vertraue ich es den Menschen, und Cordelia auch nicht. Ich behalte dieses Geheimnis für mich, sage es ganz leise zu mir selbst und flüstere es nur, sogar in einsamsten

Selbstgesprächen. Von ihrer Seite war der erwartete Widerstand nicht gross, dagegen bewundernswert die erotische Macht, die sie entfaltet. In dieser tiefen Leidenschaftlichkeit ist sie reizend interessant, gross, fast übernatürlich. Wie schnell versteht sie nicht sich zurückzuziehen und auszuweichen, wie geschmeidig weiss sie sich nicht hineinzuschleichen, überall, wo sie einen unsicheren Punkt entdeckt. Alles kommt in Bewegung, in diesem Rauschen und Sausen der Elemente fühle ich mich in meinem Element. Und doch sie selbst ist in dieser Erregung durchaus nicht unschön, nicht verwirrt in den Stimmungen, nicht zerstreut in den Momenten. Eine Anadyomene ist sie immer, nur steigt sie nicht in naivem Zauber oder in unbefangener Ruhe empor; sondern starke Wellen der Liebe bewegen sie, aber sie selbst bleibt dem grossen Oranier gleich, saevis tranquilla in undis. Voll erotisch ist sie zum Kampf ausgerüstet, sie kämpft mit den Pfeilen ihrer Augen, mit gebieterischem Befehl ihrer Brauen, mit geheimnisvollem Ernst der Stirn, der Beredsamkeit des Busens, mit dem verhängnisvollen Zauber der Arme, mit flehenden Bitten ihrer reizenden Lippen, mit dem Lächeln ihrer Wangen, und mit der süssen Sehnsucht ihrer Gestalt. Mit einer Kraft, einer Energie gleich einer Walküre, aber durch eine gewisse schmachtende Mattigkeit wird diese erotische Kraft in ihr wieder temperiert.

Sie darf auf dieser Höhe nicht lange balancieren,

Angst nur und Unruhe halten sie dort, und verhindern, dass sie stürzt. Für solche Verhältnisse ist eine Verlobung, das wird sie bald spüren, zu beengend, zu genierend. Sie wird die Versucherin werden und versucht mich, über die Grenze des Gewöhnlichen hinauszugehen. So wird sie sich des über der Grenze liegenden bewusst, und darauf kommt es mir besonders an.
Jetzt kommen von ihren Lippen nicht selten Andeutungen, dass ihr die Verlobung ein Dorn ist. Unbemerkt gehen an meinem Ohr solche Andeutungen nicht vorüber. Sie sind in ihrer Seele wie die Spione meiner Operation, die mir orientierende Nachricht senden, und durch die ich sie in mein Netz locke.

Meine Cordelia!
Klagst Du über die Verlobung und meinst, für unsere Liebe sei ein so äusserliches Band unnötig und störe uns nur. Ich kenne daran meine ausgezeichnete Cordelia! Wahrhaftig, ich bewundere Dich. Unsere so äusserliche Verbindung trennt uns nur. Sie ist eine Wand zwischen uns, die uns trennt wie Piramus und Thisbe. Im Genuss unserer Liebe stört uns noch, dass unser Geheimnis andern bekannt ist, also kein Geheimnis mehr ist. Wenn erst kein Fremder unsere Liebe ahnt, dann bekommt sie den richtigen Wert, dann wird sie glücklich.

Dein Johannes

Das Band der Verlobung wird bald gebrochen. Sie wird es selbst lösen, um mich noch stärker zu binden, wie die offenen Locken mehr fesseln als die gebundenen. Würde die Verlobung von mir gelöst, so würde ich den verführerischen Saltomortale ihrer Liebe nicht geniessen, das wäre traurig, da ich dann auch nicht das sichere Zeichen ihrer Seelenkühnheit hätte. Es kommt mir darauf an, dies zu besitzen. Und hätte ich den Schritt gethan, so würden mich die Leute, wenn auch unbegründet, doch verabscheuen und hassen. Denn manchen wäre das sehr vorteilhaft. Manch liebes kleines unverlobtes Mädchen wäre wohl sehr zufrieden, könnte sie dem ersehnten Ziel so nahe kommen. Wenn auch wenig, so ist es immerhin etwas. Hat man auf der Erwartungsliste so einen Platz eingenommen, dann ist man ja gerade ganz ohne Erwartung, und je höher man aufrückt, um so geringer wird die Erwartung. Im Reich der Liebe befördert man einen nicht nach dem Anciennetätsprinzip, man avanciert aus anderen Gründen. Es kommt noch dazu, dass es so einem kleinen Fräulein blühen kann, in einem ungetrübten Heim zu sitzen, so dass sie sich sehnt, von irgend einem Ereignis ihr Leben bewegt zu fühlen. Aber was kann sich mit einer unglücklichen Liebesgeschichte vergleichen, — besonders wenn sich die Sache so leicht nehmen lässt. Man bildet sich und seinem Nächsten ein, dass man unter die Zahl der Betrogenen zu zählen ist, und da man die nötigen

Eigenschaften dazu aufweisen kann, um im Magdalenenheim aufgenommen zu werden, so logiert man sich bei den Klageweibern ein. Man hasst mich also pflichtschuldigst. Es giebt noch eine zweite Abteilung, solche, die ein anderer halb oder zu zwei Drittel betrogen hat. Es giebt viele Grade von der Sorte, die sich auf einen Ring berufen können, bis zu solchen herab, die als Beweis nur einen Händedruck in einem Contre-Tanz aufweisen können. Ihre Wunden werden durch den Schmerz einer neuen aufgerissen und deren Hass nehme ich als Zuwage. Aber alle diese Hassenden sind natürlich ebenso viele Krippenhüter für mein armes Herz. Ein König ohne Land ist gewöhnlich eine lächerliche Figur; aber ein Successionskrieg um ein Königreich ohne Land, das überbietet sogar das Lächerlichste. Eigentlich sollte ich vom schönen Geschlecht geliebt und gepflegt werden, denn ich bin ihr Asyl. Ein wirklich Verlobter kann ja nur für eine Einzige sorgen, aber so ein weitläufiges Asyl kann versorgen, das heisst, beinahe mehr als nötig versorgen, so wie es wirklich notwendig ist. Aber jetzt brauche ich das alles nicht, und habe doch den Vorteil, später in einer ganz neuen Rolle auftreten zu können. Die jungen Mädchen werden mich nämlich beklagen, mit mir Mitleid haben und mit mir seufzen, und ich selbst beeile mich, in denselben Ton einzufallen, so kann dann der Fang gemacht werden.

Wie seltsam! Mit Schmerz bemerke ich, dass ich

nahe daran bin, das Kennzeichen, das Horaz allen treulosen Mädchen wünschte, zu erhalten, einen schwarzen Zahn, sogar einen Vorderzahn. Wie man doch abergläubisch sein kann! Dieser Zahn beunruhigt mich wirklich, ich vertrage darüber nicht die kleinste Andeutung, er ist mein empfindlicher Punkt geworden. Während ich sonst überall gerüstet bin, kann mir hier der grösste Dummkopf einen Stoss geben. Einen Stoss, der tiefer geht als er glaubt, er braucht nur an den Zahn zu rühren. Ich thue alles, um ihn weiss zu bekommen, aber umsonst; ich sage mit Palnatoke bei Oehlenschlägen:

„Ich reibe ihn wohl Tag und Nacht,
und doch weicht nicht der schwarze Schatten."

Das Leben ist doch unerhört voll von Rätseln. So ein kleiner Umstand kann mich mehr irretieren, als der gefährlichste Anfall, als die peinlichste Situation. Ich werde den Zahn ziehen lassen, trotzdem das auf meine Sprache störend wirken und die Kraft meiner Stimme vermindern wird.

Es ist ganz vortrefflich, dass die Verlobung anfängt Cordelia zu missfallen. Die Ehe bleibt doch eine ehrwürdige Einrichtung, wenn sie auch die Langeweile mit sich bringt, so dass sogar dadurch die Jugend etwas von Ehrfurcht geniesst, die sie sich erst mit dem Alter verschaffen dürfte. Eine Verlobung dagegen ist eine menschliche Erfindung und als solche so bedeutungsvoll und lächerlich, dass es einerseits ganz in der Ordnung ist, wenn ein junges, von Leidenschaft aufgeregtes Mädchen dafür Verachtung empfindet, und doch anderseits die Bedeutung davon fühlt, und fühlt, wie die Energie ihrer Seele sie wie ein geistiges Adernetz durchdringt. Jetzt gilt es, sie so zu lenken, dass sie in ihrem kühnen Flug die Ehe und das Festland der Wirklichkeit aus dem Auge verliert, dass ihre Seele ebensoviel aus Stolz wie aus Angst sich zu verlieren, eine unvollkommene menschliche Form vernichtet, um zu etwas zu eilen, das höher als das Menschliche ist. Aber in dieser Hinsicht brauche ich keine Angst zu haben, denn ihr Gang durch das Leben ist schon so schwebend und leicht, dass die Wirklichkeit zum grossen Teil schon ausser Sicht ist. Ausserdem bin ich ja selbst die ganze Zeit an Bord und werde die Segel so stellen, dass es schnell vorwärts geht.

Man kann ein Weib doch immer wieder und wieder betrachten und an ihr Studien machen. Mag das einer nicht, und hat daran keine Freude, der kann alles sein, nur kein wirklicher Ästhetiker. Das Herrliche, das Göttliche in der Ästhetik ist gerade, dass sie in einem Verhältnis zum Schönen steht. Ich denke mit wahrer Freude, wie sich doch die Sonne der Weiblichkeit in unendlich vielen Strahlen bricht. Ein verwirrender Reichtum von Weiblichkeit, von dem jedes einzelne Weib einen kleinen Teil hat, doch so, dass ihr übriges sich harmonisch um diesen Teil schliesst. In dieser Hinsicht ist die weibliche Schönheit bis in das Unendliche teilbar. Doch jeder einzelne Teil der Schönheit muss harmonisch beherrscht sein, sonst wird der Eindruck verwirrt und man kommt auf den Gedanken, als habe die Natur mit diesem Mädchen etwas vorgehabt, was aber nur Vorsatz geblieben ist. Mein Auge wird nie müde, die vielen zerstreuten Emanationen weiblicher Schönheit zu betrachten. Jedes junge Mädchen ist eine solche, und trotzdem sie nur ein Teil davon ist, doch in sich selbst vollendet glücklich, fröhlich, schön. Jeder einzelne Strahl ist von besonderer Schönheit, jeder hat das Seine; munteres Lächeln, schelmischer Blick, fragende Augen, ausgelassener leichter Sinn, hängender Kopf, stille Wehmut, tiefes Ahnen, irdisches Heimweh, drohende Brauen, fragende Lippen, geheimnisvolle Stirn, verführerische Locken, himmlischer Stolz, irdische Schüchternheit, Engelreinheit, leises Erröten, leichter Gang, reizendes Schweben, schmachtende Haltung, träumerisches Sehnen, unerklärliches Seufzen, schlanker Wuchs, weiche Formen, wogender Busen, kleiner Fuss, reizende Hand. — Das Seine hat jeder Schönheitsstrahl. Habe ich angeschaut, und immer wieder angeschaut, habe ich gelächelt, geseufzt, geschmeichelt und gedroht, begehrt und versucht, gelacht und geweint, habe ich gehofft und gefürchtet, gewonnen und verloren, — dann schliesst sich das einzelne zu einem harmonischen Ganzen und meine

Seele freut sich, mein Herz pocht, und die Leidenschaft durchglüht meine Brust. Und dieses Mädchen, dieses eine, die einzige in der ganzen Welt, sie muss mein sein, mein werden. Gott behalte deinen Himmel, wie sie nur mir gehört.
Wohl weiss ich, dass das, was ich wähle, so gross ist, dass es selbst dem Himmel nichts nützt, wenn geteilt wird; denn bliebe im Himmel noch etwas zurück, wenn ich sie erhalte? Die gläubigen Mohammedaner würden in ihrer Hoffnung getäuscht, müssten sie in ihrem Paradiese bleiche, kraftlose Schatten umarmen. Sie könnten keine Wärme des Herzens mehr dort finden, denn alle Herzenswärme hat sich in der Brust meines Mädchens gesammelt. Sie würden trostlos verzweifeln, denn sie fänden nur bleiche Lippen, matte Augen, kalte Brüste und einen armen Händedruck. Denn alles Lippenrot, alles Feuer der Augen, die Unruhe der Brust, der vielverheissende Druck einer Hand und die Besiegelung des Kusses, die zitternde Leidenschaft einer Umarmung — alles, alles wäre in ihr vereinigt, in ihr, die alles das an mich verschwenden würde, alles, was diese und jene Welt an Reichtum besitzt.
Oft habe ich so geträumt, und es wurde mir immer heiss um das Herz, denn ich träume ja dann von ihr. Im allgemeinen sieht man Wärme für ein gutes Zeichen an, doch daraus folgt noch nicht, dass man mich deshalb für solide halten wird. Ein-

mal will ich versuchen, das Weib kategorisch aufzufassen. Unter welche Kategorie soll man es rechnen? Unter ein Sein für andere Sein. Das könnte in schlechtem Sinn verstanden werden, als wenn die, die für mich ist, zugleich für einen andern ist. Hier wie bei allem abstrakten Denken muss man sich aller Rücksicht auf die Erfahrung enthalten. Gegenwärtigen Falles würde die Erfahrung z. B. in ganz besonderer Weise für mich wie wider mich sein. Hier wie überall ist die Erfahrung eine Person, denn ihr Wesen ist immer pro et contra.

Also das Weib ist ein Sein für anderes. Ebenso will man sich nach anderer Seite hin nicht durch die Erfahrung beirren lassen. Denn könnte man nicht einwenden, dass man selten ein Weib küsst, das ein Sein für anderes ist, da sehr viele Frauen weder für sich noch für andere etwas sind. Mit der ganzen Natur haben sie das gemein. Mit allem, was femininum ist. Für anderes ist auch die ganze Natur da, nicht wie die Theologie es meint, wie z. B. in der Natur ein einzelnes Glied für ein anderes einzelnes Glied da ist, nein, für anderes ist die ganze Natur da, für den Geist ist sie da. Mit dem Einzelnen ist es wieder so. Zum Beispiel entfaltet das Pflanzenleben seine geheimen Reize ganz naiv und existiert nur für anderes. Mit dem Rätsel ist es ebenso, ebenso mit einer Scharade, einem Geheimnis, einem Vokal u. s. w. Es lässt sich so auch erklären, weshalb Gott den Adam in tiefen Schlaf fallen liess, als er Eva erschuf; denn des Mannes Traum ist das Weib. Das Weib ist auch nicht aus dem Haupt des Mannes geschaffen, sondern aus den Rippen und ist Fleisch und Blut geworden. Sie erwacht erst durch die Berührung der Liebe und ist vorher ein Traum. Doch unterscheidet man in diesem Traumdasein zwei Stadien; erstens: die Liebe träumt von ihr, — zweitens: sie träumt von der Liebe. Das Weib ist durch ihre reine Jungfräulichkeit wie ein Geschöpf, dessen Ziel ausserhalb sich selbst liegt. Jungfräulichkeit ist nämlich etwas, das, so weit es in sich selbst existiert, eigentlich eine Abstraktion ist und sich nur als Relation zeigt. Dieses gilt auch bei der weiblichen Unschuld. Man kann darum sagen, dass das Weib in diesem Zustand unsichtbar ist. Bekanntlich gab es von der Vesta auch kein Bild, von der Göttin, welche die eigentliche Jungfräulichkeit im engsten Sinn darstellt. Diese Existenz ist nämlich ästhetisch auf sich selbst eifersüchtig — wie Jehovah es ethisch ist — und nicht will, dass es von ihm ein Bild oder nur eine Vorstellung geben soll. Dieser Widerspruch, dass einer, der nur für den andern da ist, an sich nicht ist, und durch den andern erst sichtbar wird, ist logisch ganz richtig, und wer logisch denkt, lässt sich nicht davon stören, sondern wird sich dessen freuen. Aber wer unlogisch denkt, kann sich gut einbilden, dass der, der für einen andern da ist, auch irdisch existiert, was man auch von einem einzelnen wahrnehmbaren Gegenstand sagen kann.

Des Weibes Sein — zuviel würde das Wort Existenz sagen, da sie ihr Leben nicht aus sich selbst hat — wird richtig mit dem Wort Anmut bezeichnet, der Ausdruck erinnert an das vegetative Leben; die Dichter sagen gern, dass sie wie eine Blume ist, und auch ist das Geistige in ihr gewissermassen vegetiv. Ganz innerhalb der Grenzen des Natürlichen ist sie zu suchen, und deshalb ist sie nur ästhetisch frei. Sie wird erst durch den Mann im tieferen Sinn frei, daher kommt das Wort: freien, und deshalb ist es der Mann, der freit. Freit er richtig, so kann keine Rede von einer Wahl sein. Wohl wählt das Weib, aber ist langes Überlegen das Resultat dieses Wählens, so ist das dann unweiblich. Eine Schande ist es deshalb, bekommt man einen Korb. Der Mann hat dann, da er sich zu hoch einschätzte, eine andere frei machen wollen, und konnte es nicht. — Eine tiefe Ironie liegt in diesem Verhältnis. Der Mann freit. Das Weib wählt. Nach ihrem Begriff ist das Weib die Überwundene, nach seinem Begriff ist der Mann der Sieger, und der Sieger beugt sich doch vor der Besiegten. Dieses ist ganz natürlich, nicht Mangel an erotischer Auffassung oder nur Dummheit, wenn man die naturgemässen Verhältnisse zu verändern sucht. Ein tieferer Grund liegt dahinter. Denn das

Weib ist Substanz, der Mann Reflexion. Deshalb wählt sie auch nicht ohne weiteres, sondern der Mann ist der Freiende und dann ist das Weib die Wählende.

Das Freien des Mannes ist gleich einer Frage, das Wählen des Weibes ist auf die Frage die Antwort. Der Mann ist in gewissem Sinn mehr als das Weib, und unendlich, weniger im entgegengesetzten Sinn. Das Sein des Weibes mit dem Zweck, bei einem andern verborgen zu sein, das ist die reine Jungfräulichkeit. Wenn sie eine selbständige Existenz dem Mann gegenüber sucht, für den sie da ist, dann wird sie abstossend und zum Gespött, und das zeigt, dass es das eigentliche Ziel des Weibes ist, für einen anderen zu existieren.

Der diametrale Gegensatz zu der absoluten Hingebung ist der absolute Spott, der umgekehrt unsichtbar ist, wie die Abstraktion, gegen welche sich alles bricht, ohne dass die Abstraktion dadurch lebendig wird. Die Weiblichkeit nimmt dann den Charakter der abstrakten Grausamkeit an, welche die karikierende Spitze der eigentlichen jungfräulichen Weichheit ist. Ein Mann kann nie so grausam sein, wie eine Frau. Wenn man alle Mythologien, Erzählungen und Volkssagen befragt, wird man dies bekräftigt finden. Wenn man eine Naturmacht schildern will, die in ihrer Grausamkeit keine Grenzen kennt, so ist das ein jungfräuliches Wesen. Man erschrickt, wenn man von einem jungen Mädchen liest, das seinen Freiern das Leben nehmen liess, und nicht davon berührt schien. Wohl tötet der Ritter Blaubart in der Hochzeitsnacht all die jungen Mädchen, die er geliebt hat, aber Vergnügen empfindet er nicht dabei, das Vergnügen ging voraus. Darin liegt die Konkretion, es ist keine Grausamkeit der Grausamkeit zu liebe. Ein Don Juan verführt Mädchen und verlässt sie, aber es ist ihm kein Vergnügen, sie zu verlassen, wohl aber sie zu verführen, dieses ist also auch keine absolute Grausamkeit.

Also sehe ich, je mehr ich die Sache erwäge, meine Praxis steht in vollkommener Harmonie mit meiner Theorie. Denn diese hat in der Überzeugung ihren tiefsten Grund, dass das Weib wesentlich ein Sein für anderes ist. Der Augenblick ist deshalb dabei von unendlicher Wichtigkeit, denn das Sein für anderes ist immer eine Sache des Augenblicks. Früher oder später kann dieser Augenblick kommen, aber kommt er, so muss dadurch das Sein für anderes ein relatives Sein werden, und hört auf zu sein.

Ich weiss wohl, Ehemänner meinen, dass das Weib auch im anderen Sinn das Sein für anderes ist, sie sei ihnen alles für ihr ganzes Leben. Dafür müssen die Ehemänner selbst einstehen, ich glaube, das ist etwas, was sie sich selber einander einbilden. Seine konventionellen Sitten hat ja jeder Stand und gewisse konventionelle Lügen auch. Dieses Jägerlatein der Ehemänner gehört auch dorthin. Der Augenblick ist alles, und im Augenblick ist das Weib alles; ich verstehe die Konsequenzen nicht. Die Konsequenz, dass einem Kinder geboren werden, gehört auch dazu. Ich bilde mir ein, ich bin sonst ein ziemlich konsequenter Denker, aber dächte ich bis zum Verrücktwerden nach, ich könnte nicht für die Konsequenz einstehen, ich verstehe sie nicht, nur ein Ehemann kann das.

Cordelia und ich besuchten gestern eine Familie in ihrer Sommerwohnung. Meistens hielt sich die Gesellschaft im Garten auf und vertrieb sich die Zeit mit verschiedenen körperlichen Übungen. Es wurde unter anderem auch Ringwerfen gespielt. Ein Herr, der mit Cordelia gespielt hatte, ging fort, und ich benutzte die Gelegenheit, für ihn weiter zu spielen. Sie entfaltete grosse Anmut, die Anstrengungen des Spieles machten sie noch verführerischer und erhöhten ihre Schönheit. Es war in dem Selbstwiderspruch der Bewegungen eine reizende Harmonie! Sie war so leicht, sie schwebte über die Erde, ihre ganze Erscheinung war dithyrambisch, und ihr Blick fast herausfordernd! Für mich hatte das Spiel natürlich ein besonderes Interesse. Grosse Aufmerksamkeit schien Cordelia nicht für das Spiel zu haben, aber als ich einer anderen den Ring zuwarf, das schlug in ihre Seele wie ein Blitz. Die ganze Situation war von diesem Augenblick an eine andere geworden.

Cordelia war von einer gesteigerten Energie erfüllt. Beide Ringe hielt ich an meinem Stock, einen Augenblick wartete ich und tauschte ein paar Worte mit den Umstehenden. Diese Pause verstand sie, und nun warf ich die beiden Ringe zu. Sie hatte diese schnell auf ihrem Stock und warf sie hoch in die Luft, wie aus Versehen, so dass ich keinen fangen konnte. Sie begleitete diesen Wurf mit einem Blick von unendlicher Verwegenheit. Von einem französischen Soldaten erzählt man, dem im Krieg gegen Russland ein Bein abgenommen werden sollte, weil der Brand daran kam. Nachdem eben die schmerzhafte Operation beendet war, fasst er das Bein, wirft es in die Höhe und ruft: „Vive l'empereur!" Cordelia warf mit demselben Blick, und dabei war sie schöner denn je, die beiden Ringe in die Luft und sagte zu sich selbst: Es lebe die Liebe! Es schien mir nicht geraten, dass ich diese Stimmung bei ihr noch steigerte, denn es wäre bald eine gewisse Mattigkeit darnach eingetreten, die immer solch kräftigen Ausbrüchen nachfolgt, ich hielt mich deshalb ganz ruhig, ja ich stellte mich, als hätte ich nichts bemerkt, und sie war gezwungen, weiter zu spielen.

Brächte man in unserer Zeit gewissen Untersuchungen Sympathie entgegen, so würde ich eine Preisfrage stellen: Wer von beiden, ein junges Mädchen oder eine junge Frau ist, ästhetisch gedacht, schamhafter? Die Unwissende oder die Wissende? Und welcher von den beiden kann man die grösste Freiheit einräumen? Aber unsere ernste Zeit beschäftigt sich mit solchen Fragen nicht. Eine solche Untersuchung würde in Griechenland die allgemeine Aufmerksamkeit erweckt haben, es hätte den jungen Staat in Bewegung gebracht, vor allem die jungen Mädchen und die jungen Frauen. In unserer Zeit will man das nicht glauben; aber in unserer Zeit will man's auch nicht glauben, wenn man den bekannten Streit erzählte, den zwei griechische Jungfrauen führten, und dass eine zu gründliche Untersuchung die Veranlassung zu demselben gab; denn man behandelt in Griechenland solche Probleme nicht so flüchtig und leichthin; und jeder weiss doch, Venus erhielt nach dem Streit einen Beinamen, und das Bild der Venus, das sie verewigt, bewundert auch ein jeder. In dem Leben einer verheirateten Frau existieren zwei Abschnitte, darin sie als interessant auftritt, die erste Jugend und später nochmals eine Zeit, wenn sie viel älter ist. Aber man kann nicht leugnen, sie hat zugleich einen Augenblick, in welchem sie ein junges Mädchen an Reiz überbietet, und in welchem man noch ehrfurchtsvoller zu ihr aufschaut, dieser Augenblick kommt im Leben nur selten, es ist ein Phantasiebild, man braucht es im Leben nie zu sehen, und es wird vielleicht auch niemals gesehen. Blühend gesund stelle ich sie mir dabei vor, auf ihren Armen ein Kind, dem schenkt sie ihre volle Aufmerksamkeit, und schaut es wieder und wieder in seliger Freude an. Ein solches Bild ist das Lieblichste und zauberhaft Schönste, was das menschliche Leben bieten kann, ein Naturmythus ist das, und darf daher nur künstlerisch und nicht in natura angeschaut werden. Auch dürfen auf dem Bild nicht mehrere Personen sein, jede Umgebung würde stören. Wenn man zum Beispiel unsere Kirchen besucht, so hat man oft Gelegenheit, eine Mutter mit ihrem Kind auf dem Arm zu sehen. Wenn man auch von dem irritierenden Geschrei des Kindes absieht, und von dem beunruhigenden Gedanken an die begründeten Erwartungen der Eltern betreffs der Zukunft des Kleinen, so ist doch schon die Umgebung so störend, dass, wenn auch alles andere vollkommen wäre, die Wirkung doch verloren gehen würde. Man sieht den Vater, was ein grosser Fehler ist. Denn dann verschwindet das Mystische, das Bezaubernde, man sieht — die ernste Masse der Gevattern, man sieht — gar nichts. Aber als Phantasievorstellung ist das Bild entzückend. Mir fehlt die genügende Menge Raschheit und Dummdreistigkeit, um einen Angriff auf die Wirklichkeit zu machen, — doch würde ich das Bild in Wirklichkeit sehen, so wäre ich entwaffnet.

Cordelia beschäftigt mich immer noch sehr. Doch bald ist die Zeit vorüber, meine Seele muss sich immer wieder verjüngen. Ich höre gleichsam von fern schon den Hahn krähen. Vielleicht hört sie ihn auch, aber sie glaubt, dass er den Morgen ankündigt. Warum müssen junge Mädchen so schön sein, und Rosen so bald welken? Ich könnte bei dem Gedanken melancholisch werden, doch eigentlich geht es mich nichts an. Das Leben geniessen, und Rosen, ehe sie verblühen, pflücken. Solche Gedanken schaden übrigens nicht, die männliche Schönheit wird durch Wehmut nur gehoben. Eine Wehmut, die wie ein Nebelschleier betrüglich über die männliche Stärke gebreitet ist, gehört mit zu dem männlich Erotischen. Bei der Frau entspricht dem die Schwermut.

Hat ein junges Mädchen sich dem Mann erst hingegeben, so ist es bald vorbei. Ich nähere mich einer Jungfrau immer noch mit einer gewissen Angst, mit klopfendem Herzen, weil ich die ewige Macht, die in ihrem Wesen liegt, fühle. Nie fällt mir das einer verheirateten Frau gegenüber ein. Das bischen Widerstand, das man mit Hilfe der Kunst zu machen versucht, ist nicht viel wert. Als ob die Kopfbedeckung der verheirateten Frau mehr imponieren sollte, als der unbedeckte Kopf des jungen Mädchens. Diana ist darum immer mein Ideal gewesen. Immer hat mich reine Jungfräulichkeit, absolute Sprödigkeit sehr beschäftigt. Aber ich habe sie trotzdem mit scheelen Augen angesehen. Ich bin nicht sicher, verdient sie es wirklich, so gepriesen zu werden. Dass ihre Jungfräulichkeit ihre einzige Macht war, wusste sie nämlich.

Ausserdem habe ich einmal gehört, von ihrer Mutter hatte sie von den schrecklichen Geburtswehen erfahren. Dass sie das abschreckte, verdenke ich ihr. Denn ich muss sagen: Ich will lieber dreimal Kinder gebären, als einmal in den Krieg gehen. Ich würde mich nie in Diana verlieben können, aber allerdings für eine rechtschaffene Unterhaltung mit ihr würde ich viel geben. Sie muss wie kein anderer zu höhnen und zu necken verstehen. Meine gute Diana hat sich scheinbar irgendwie Einsichten verschafft, die sie weit weniger naiv machen, als Venus selbst. Es läge mir nichts daran, ihr im Bade aufzulauern, gar nichts, aber mit Fragen möchte ich sie einfangen. Sollte ich mich zu einem Rendezvous mit ihr begeben, und wäre meines Sieges nicht ganz sicher, so würde ich mich vorbereiten, bewaffnen, und durch Gespräche mit ihr alle Geister der Erotik in Bewegung setzen.

Oft habe ich darüber nachgedacht, welchen Augenblick muss man wohl für den am meisten verführenden ansehen. Die Antwort hängt natürlich davon ab, was man ersehnt, wie stark man sehnt, und wie man entwickelt ist. Von allen Augenblicken halte ich den Hochzeitstag als den geeignetsten. Wenn das junge Mädchen als Braut geschmückt dasteht, und ihre Pracht vor ihrer eigenen Schönheit verblasst, und sie selbst erblasst, wenn das Blut stockt, wenn der Busen ruht, der Blick unsicher wird, der Fuss schwankt, die Jungfrau zittert, die Frucht reif wird; wenn der Himmel sie hebt, der Ernst sie stärkt, das Versprechen sie trägt, das Gebet sie segnet, die Myrthe sie bekränzt, wenn das Herz bebt, das Auge sich zur Erde senkt, sie sich in sich selbst versteckt; wenn der Busen schwillt, der Körper seufzt, die Stimme versagt, die Thräne zittert, ehe das Rätsel gelöst ist, die Fackel gezündet wird, wenn der Bräutigam wartet, dann ist der Augenblick da. Bald ist es zu spät. Es ist nur noch ein Schritt zu machen, aber das kann ein Fehlschritt werden. Dieser Augenblick macht ein unbedeutendes Mädchen bedeutend. Alles muss zusammen da sein. Im Augenblick, wo das Entgegengesetzte sich vereint, vermisst man etwas, besonders etwas von den Hauptgegensätzen, dadurch verliert die Situation gleich etwas Verführerisches. Es giebt einen Kupferstich, der stellt ein Beichtkind vor. Es sieht so jung und unschuldig aus, dass man für sie und den Beichtvater in Verlegenheit kommt, man überlegt, was sie wohl zu beichten haben mag. Sie hat den Schleier gehoben und schaut in die Welt, als ob sie etwas sucht, wovon sie möglicherweise für die nächste Beichte Gebrauch machen könnte und — natürlich, — es ist dies auch ihre Pflicht gegen den Beichtvater. Die Situation ist verführerisch, und da sie auf dem Kupferstich die einzige Person ist, so kann man sich ohne Hindernis die Kirche, wo das Ganze vor sich geht, so räumlich denken, dass mehrere und ganz verschiedene Priester zu gleicher Zeit predigen. Die Situation ist wirklich verführerisch und ich habe nichts dagegen, mich selbst in dem Hintergrund anzubringen, wenn das Mädchen nichts dagegen hat. Es wird aber eine sehr untergeordnete Situation werden, da das Mädchen ganz und gar noch Kind zu sein scheint, und einige Zeit muss noch vergehen, bis der richtige Augenblick kommen kann.

Bin ich denn in meinem Verhältnis zu Cordelia meinem Verbund ständig treu gewesen? Das heisst meinem Bund mit dem Ästhetischen; denn dass ich die Idee auf meiner Seite habe, das giebt mir meine Stärke. Es ist das ein Geheimnis, wie die Locken des Simson, und keine Delila soll es mir entlocken. Ein Mädchen nur anzuführen, wäre mir nicht der Mühe wert; aber dass Idee bei der Handlung ist, dass ich im Dienst der Idee handle, mich ihrem Dienst weihe, das giebt mir eine Strenge gegen mich selbst, und eine Enthaltsamkeit vor jedem verbotenen Genuss. Ist das Interessante immer bewahrt worden? Ja, das kann ich in diesem heimlichen Selbstgespräch behaupten. Die Verlobung war dadurch interessant, dass sie das nicht hatte, was man gewöhnlich unter interessant versteht. Sie bewahrte das Interessante dadurch, dass der äussere Schein im Gegensatz zu dem inneren Leben stand. Hätte Cordelia mit mir geheime Beziehungen gehabt, so wäre das Verhältnis in erster Potenz interessant gewesen. Jetzt ist es dagegen in zweiter Potenz interessant. Die Verlobung wird dadurch gelöst, dass sie selbst dieselbe auflöst, um sich in eine höhere Sphäre hinaufzuschwingen. Das sollte es sein. Dies ist die Form des Interessanten, die Cordelia am meisten unterhalten wird.

16. September. Nun ist das Band zerrissen; sie schwingt sich sehnsuchtsvoll, stark, kühn, göttlich zur Sonne auf wie der Adler. Flieg' Vogel, flieg'! Könnte dieser Königsflug sie mir entführen, das würde mich unendlich und tief schmerzen. Wie dem Pygmalion, dessen Geliebte wieder zu Stein wurde, so würde es mir sein. Ich habe sie leicht gemacht, wie einen Gedanken leicht. Und sollte nun dieser mein Gedanke mir nicht mehr gehören, zum Verzweifeln wäre das! Wäre es noch einen Augenblick früher, — es ginge mich noch nichts an, und einen Augenblick später würde es mich auch nicht mehr bekümmern, nun aber, — nun — dies Nun, eine Ewigkeit bedeutet dies Nun für mich. Aber sie wird mir nicht fortfliegen. Also flieg', Vogel, fliege, Deine Adlerflügel tragen Dich stolz, ich bin bald bei Dir, bin bald mit Dir in der tiefsten Äthereinsamkeit, verborgen vor der ganzen Welt! — —
Die Nachricht wirkte etwas frappierend auf die Tante. Doch zwingen wird sie Cordelia nicht, trotzdem habe ich, teils um sie noch mehr zu täuschen, teils um Cordelia noch mehr zu necken, einige Versuche gemacht, dass sie sich für mich interessiert.

Sie bezeugt mir übrigens viel Teilnahme. Und keine Ahnung hat sie, dass ich mir die Teilnahme aus gutem Grund verbitten könnte.

Die Tante hat Cordelia die Erlaubnis gegeben, für einige Zeit auf das Land zu gehen, um eine Familie zu besuchen. Das passt ausgezeichnet. Dadurch bekommt sie nicht gleich Gelegenheit, sich dem Überschuss der Stimmung hinzugeben. Durch verschiedenerlei Druck von aussen wird sie noch einige Zeit in Spannung gehalten. Durch meine Briefe unterhalte ich dann noch eine schwache Beziehung zu ihr. Und unser Verhältnis grünt so von neuem. Stark muss sie jetzt gemacht werden, besonders muss ihr gegen die Menschen und gegen alles Gewöhnliche eine excentrische Verachtung eingeflösst werden. Kommt dann der Tag ihrer Abreise, da geselle ich ihr einen zuverlässigen Burschen als Kutscher bei und mein Diener schliesst sich ausserdem noch draussen vor dem Stadtthor an. Begleitet sie zum Bestimmungsort, bleibt zu ihrer Aufwartung und zum Beistand bei ihr, so lange es nötig ist. Draussen habe ich selber alles möglichst geschmackvoll eingerichtet. Alles ist da, was ihre Seele bethören soll und sie in üppiges Wohlsein einwiegt.

Meine Cordelia!

Die Notrufe der einzelnen Familien über Dich und mich haben sich noch nicht vereinigt und die ganze

Stadt in Verwirrung gesetzt, durch ein allgemeines kapitolinisches Gänsegeschrei. Doch mehr als ein Solo hast Du wohl schon aushalten müssen. Stelle Dir die ganze Versammlung von Spiessbürgern und Klatschbasen um die Theewasserkanne und um die Kaffeemaschine vor, denke Dir den Vorstand als eine Dame, die ein würdiges Gegenstück des unsterblichen Präsidenten Lars bei Claudius ist, und Du hast ein Bild, eine Vorstellung oder ein Mass für das, was Du an Achtung bei den guten Leuten verloren hast.

Anbei der berühmte Kupferstich, der den Präsidenten Lars darstellt. Es war mir nicht möglich, ihn separat zu bekommen. Ich habe deswegen den ganzen Claudius gekauft, den Stich herausgerissen und den Rest weggeworfen. Denn wie hätte ich es gewagt, Dich mit einer Gabe zu belästigen, die in diesem Augenblick für Dich keine Bedeutung hat? Wenn ich alles aufbieten könnte, um irgend etwas aufzubieten, was Dich nur einen Augenblick freuen könnte, wie sollte ich es dann zulassen, dass sich in eine Situation etwas hineinmischt, was nicht dazu gehört? So etwas kommt vor unter Menschen, welche von der Natur und endlichen Verhältnissen geknechtet leben müssen. Du aber, meine Cordelia, in Deiner Freiheit solltest Du es hassen.

Dein Johannes

Zum Verlieben ist doch der Lenz die schönste Zeit, und um am Ziel seiner Wünsche anzukommen, muss es Herbst sein. Eine Wehmut liegt im Herbst, die entspricht ganz der Bewegung, die einem durchschauert beim Gedanken an die Erfüllung des Wunsches. Ich bin heute selbst in der Villa draussen gewesen, wo in einigen Tagen Cordelia eine Umgebung finden soll, harmonisch zu ihrer Seele. An ihrer freudigen Überraschung will ich selbst nicht teilnehmen, ihre Seele würde von solchen erotischen Pointen geschwächt. Ist sie aber allein, wird sie sich wie in einem schönen Traum fühlen, überall wird sie Andeutungen, Winke, eine bezauberte Welt finden. Alles dies würde an Bedeutung einbüssen, wäre ich an ihrer Seite. Es würde sie vergessen machen, dass der Zeitmoment, wo ein solcher gemeinsamer Genuss Bedeutung hätte, noch nicht zurückgelegt ist. Ihre Umgebung darf ihre Seele nicht narkotisch bethören, aber sie beständig auf der Höhe halten, so dass sie die Umgebung überlegen als ein Spiel ansieht, das im Vergleich zu dem, was kommen soll, keinen Wert hat. Damit sie recht in Stimmung bleibt, werde ich in den Tagen, die noch übrig bleiben, oft diesen Ort besuchen.

Meine Cordelia!
Mein nenne ich Dich nun in Wahrheit! Und an den Besitz erinnert mich kein äusserliches Zeichen.

— In Wahrheit nenne ich Dich bald mein. Halte ich Dich dann fest in meinen Armen, drückst Du mich an Dein Herz, so brauchen wir keinen Ring, der uns sagen soll, dass wir zusammengehören. Der Ring ist die Umarmung und die ist mehr als ein Zeichen? Und die Freiheit wird um so grösser, je fester dieser Ring sich um uns schliesst und je unzertrennlicher er uns verbindet; denn mein zu sein, das ist Deine Freiheit, und dass ich Dein bin, das ist meine Freiheit.

Dein Johannes

Meine Cordelia!
Auf der Jagd verliebte sich Alpheus in die Nymphe Arethusa. Sie wollte nicht sein werden und floh beständig vor ihm, auf der Insel Ortygia wurde sie dann in eine Quelle verwandelt. Alpheus schmerzte das sehr, und er wurde in einen Fluss verwandelt in Elis im Peloponnes. Doch seine Liebe vergass er nicht, unter dem Meer vereinigte er sich mit jener Quelle. Giebt es keine Verwandlungen mehr? Antworte mir! Giebt es keine Liebe mehr? Deine reine tiefe Seele, die keine Verbindung mit der Welt hat, kann ich sie anders als mit der Quelle vergleichen? Und ich habe Dir schon gesagt, ich bin wie ein Fluss, der sich in Dich verliebt hat. Und nun, da wir getrennt sind, stürze ich mich ins Meer, um mich mit Dir zu vereinigen. In das Meer der Gedanken, der Sehnsucht. Wir begegnen

einander unter dem Meer und gehören in seiner Tiefe erst recht zusammen.

Dein Johannes

Meine Cordelia!
Bald, bald gehörst Du mir. Die Sonne schliesst ihr sprühendes Auge, die Geschichte hört auf, die Mythe beginnt, ich werfe nicht nur meinen Mantel um die Schultern, ich werfe als Mantel die Nacht um mich, eile zu Dir, lausche, bis ich Dich finde, aber verraten werden Dich nicht Deine Schritte, Dein klopfendes Herz wird Dich verraten.

Dein Johannes

In den Tagen, da ich nicht wie sonst immer persönlich bei ihr sein kann, beunruhigt mich der Gedanke, ob sie schon an die Zukunft gedacht hat. Eingefallen ist es ihr bisher noch nicht, ich habe es zu gut verstanden, sie ästhetisch zu betäuben. Nichts Unerotischeres kann ich mir denken, als die ewigen Zukunftsgespräche. Ihren letzten Grund haben sie darin, dass man sich die Zeit nicht anders zu vertreiben weiss. Bin ich dabei, so ist es mir nicht bang, dann wird sie schon Zeit und Ewigkeit vergessen. Versteht man nicht in dem Grade den Seelenrapport mit einem Mädchen aufrecht zu halten, dann giebt man besser alle Verführungsgedanken auf. Unmöglich wird man den beiden Klippen entgehen: der Zukunftsfrage und der Katechisation über den Glauben. Gretchen hält im Faust schon solch ein kleines Examen ab, das erscheint ganz natürlich; Faust kehrte unvorsichtigerweise immer den Kavalier hervor, ein Mädchen ist gegen solchen Angriff immer gewappnet.

Ich glaube nun, alles ist zum Empfang fertig. Vergessen ist nichts, nichts was Bedeutung haben soll; dagegen nichts dazugethan, was aufdringlich an mich erinnern muss, und doch scheint es, als sei ich unsichtbar überall gegenwärtig. Grösstenteils wird die Wirkung bei ihr vom ersten Anschauen abhängen. Genaue Instruktionen gab ich meinem Diener, er ist ein vollendeter Virtuose in dieser Art und mir unbezahlbar.

Alles ist, wie man es nur wünschen mag. Wenn man mitten im Zimmer sitzt, so hat man den unendlichen Horizont zu beiden Seiten, man ist im weiten Luftmeer allein. Und ist man an das Fenster getreten, so wölbt sich ein Wald am Horizont, als würde das Ganze von einem Kranz begrenzt und umfriedet. So soll es sein. Liebt die Liebe nicht immer eine Einfriedigung? Das Paradies war ein geschlossener Ort, ein Garten, der nach Osten ging. — Dicht um einen schliesst sich der Ring zu, näher am Fenster sieht man einen stillen See, demütig in der erhöhten Umgebung verborgen, — ein Boot liegt am Ufer. Aus vollem Herzen ein Seufzer, ein unruhiger Gedankenhauch — und vom Ufer geht es fort, über den See gleitend, der milde Atem einer unnennbaren Sehnsucht treibt es leise; man verschwindet in geheimnisvoller Waldeinsamkeit, geschaukelt von den leichten Seewellen, und der See träumt vom tiefen Walddunkel. — Nach der anderen Seite hin breitet sich das Meer vor dem Auge unendlich aus. Und die Liebe liebt die Unendlichkeit. Die Liebe fürchtet die Grenze. Ein kleineres Zimmer oder besser ein Kabinett liegt über dem grossen Saal, das ist dem Zimmer im Wahlschen Haus täuschend ähnlich. Den Boden bedeckt wie dort ein weidengeflochtener Teppich, ein kleiner Theetisch vor dem Sofa, darauf eine Lampe, genau wie jene zu Hause — alles ebenso, aber kostbarer. Ich durfte mir wohl darin eine Steigerung erlauben. Ein Klavier steht im Saal, sehr einfach, aber dem aus dem Jansenschen Hause ähnlich. Es steht geöffnet da. Das kleine schwedische Lied liegt aufgeschlagen auf dem Notenpult. Die Entreethür ist nicht geschlossen. Doch muss sie durch eine andere Thür eintreten, Johann hat dafür genaue Instruktion. Ihr Auge muss das Kabinett und das Klavier zu gleicher Zeit erblicken, in ihrer Seele erwacht die Erinnerung, dann öffnet Johann im selben Augenblick die Thür. — So ist die Illusion vollkommen. Sie wird, das bin ich überzeugt, zufrieden in das Kabinett eintreten. Fällt ihr Blick auf den Tisch, so bemerkt sie ein Buch; Johann nimmt es im selben Augenblick, will es weglegen und muss wie zufällig sagen: „Der Herr hat gewiss das Buch heute Morgen, als er hier war, vergessen. Also hört sie, dass ich am Morgen schon dagewesen war, und sie will das Buch sehen. Das Buch ist: Amor und Psyche, von Apulejus in deutscher Übersetzung. Nicht ein Gedicht, es soll auch keines sein. Denn gegen ein junges Mädchen wäre es eine Beleidigung, in diesem Augenblick ein Gedicht anzubieten, als wäre sie da nicht selbst dichterisch und verstünde nicht die Poesie einzusaugen, die in dem Faktischen des Augenblickes sich unmittelbar darbietet, und nicht erst von eines anderen Gedanken verzehrt ist. Man denkt gewöhnlich nicht daran, aber so ist es. — Das Buch wird sie lesen wollen, und ich erreiche meine Absicht. Öffnet sie es da, wo in demselben zuletzt gelesen ist, so findet sie einen kleinen Myrthenzweig, sie versteht, der bedeutet mehr als ein Lesezeichen.

Meine Cordelia!
Fürchtest Du Dich? Halten wir zusammen, wir sind dann stark, stärker als die Welt und als die Götter stärker. Weisst Du, einst lebte auf Erden ein Geschlecht, es waren wohl Menschen, aber sie kannten, genug sich selbst, nicht der Liebe schönste Vereinigung. Sie waren trotzdem mächtig, waren mächtig, und wollten den Himmel stürmen. Sie wurden von Jupiter gefürchtet, und wurden von ihm geteilt, das zwei aus einem wurden, ein Mann und ein Weib. Zuweilen ereignet es sich, das zwei, die

vorher eins waren, sich durch die Liebe wieder vereinigen, dann ist ihre Vereinigung stärker als Jupiter, sie sind nicht nur wie der Einzelne stark, stärker noch, denn die Vereinigung der Liebe ist eine höchste Stärke.

Dein Johannes

24. September. Stille Nacht — ein Viertel vor Zwölf — am Thor blässt der Wächter seinen Segen über das Land. Er hallt vom Bleicherdamm wieder, aber mit schwächerem Wiederhall.
Friedlich schläft alles, aber die Liebe nicht. Ihr geheimen Mächte der Liebe erhebt euch, um euch in dieser Brust zu sammeln! Schweigsame Nacht — das Schweigen unterbricht nur ein einsamer Vogel mit seinem Schreien und seinem Flügelschlag, vielleicht will er auch zu einem Rendez-vous — accipio omen!
Die ganze Natur scheint mir voll Vorbedeutung! Aus dem Flug der Vögel weissage ich mir, aus dem Schreien, aus dem Plätschern übermütiger Fische im See, aus der Tiefe tauchen sie auf und verschwinden gleich wieder, aus dem Hundegebell in der Ferne, aus dem Gerassel eines Wagens, aus den Schritten vorbeieilender Menschen. Geister sehe ich nicht in dieser Mitternachtsstunde, was gewesen ist, sehe ich nicht, sondern das Kommende sehe ich, in der Brust des Sees, im Kuss des Taues, im Nebel, über die Erde ist er gebreitet, und verbirgt

ihre fruchtbare Umarmung. Ein Bild ist alles hier um mich, ein Mythus bin ich mir selbst; ein Mythus muss es doch sein, dass ich zu diesem Begegnen eile? Es thut nichts zur Sache wer ich bin. Vergessen ist Endliches und Zeitliches, zurück bleibt nur das Ewige, der Liebe Macht, Sehnsucht und Seligkeit. Meine Seele ist wie ein gespannter Bogen, die Gedanken liegen wie Pfeile fertig in meinem Köcher, nicht giftig, aber doch im stande, in das Blut zu dringen. Meine Seele ist stark, frisch, froh und im Augenblick anwesend wie ein Gott. — — —
Sie war schön von Natur. Dir danke ich, dir wunderbare Natur! Du hast über ihr wie eine Mutter gewacht. Deine Sorgfalt dank ich dir! Sie war wunderbar. Auch euch, ihr Menschen Dank, denen sie dankt. Mein Werk war, sie zu entwickeln. Den Lohn geniesse ich bald. — In diesem einen bevorstehenden Augenblick, wie vieles habe ich nicht da hineingesammelt. Tod und Teufel, dürfte ich ihn nicht kosten! —

Ich sehe meinen Wagen noch nicht. — Einen Peitschenknall höre ich, mein Kutscher ist es.
Fahr zu auf Tod und Leben, wenn wir am Ziel sind, mögen die Pferde stürzen, aber früher keine Sekunde.

25. September. Eine solche Nacht, warum kann

sie nicht länger dauern? — Vorbei, und niemals wünsche ich sie wiederzusehen. Ein Mädchen ist schwach, wenn sie alles hingegeben hat, sie hat dann alles verloren; denn beim Mann ist die Unschuld ein negatives Moment, beim Weib ist sie der Gehalt ihres Wesens. Aller Widerstand ist nun unmöglich, und schön zu lieben ist es nur, so lange derselbe da ist. Schwachheit und Gewohnheit wird es, sobald derselbe aufgehört hat. An mein Verhältnis zu ihr mag ich nicht mehr erinnert werden. Den Duft hat sie verloren. Die Zeiten, da ein Mädchen in einen Heliotrop verwandelt wurde, aus Schmerz über die Treulosigkeit ihres Geliebten, die Zeiten sind vergangen. Ich will nicht Abschied von ihr nehmen. Unangenehm sind Weiberthränen und Weiberbitten, alles verändern sie und einen Zweck hat es doch nicht. Geliebt habe ich sie, aber meine Seele kann sich von nun an nicht mehr mit ihr abgeben. Wenn ich ein Gott wäre, an ihr würde ich thun, was Neptun an einer Nymphe that, in einen Mann würde ich sie verwandeln.

Wissen möchte ich wohl, kann man sich so aus einem Mädchen herausdichten, dass sie sich mit Stolz einbildet, das Verhältnis habe sie gelöst, weil sie überdrüssig davon wurde? Ein recht interessantes Nachspiel könnte das wer-

den, es hätte psychologisches Interesse an und
für sich und könnte einen ausserdem mit
vielen erotischen Wahrnehmungen in Berührung
bringen.